昼と夜　絶対の愛

アルフレッド・ジャリ

佐原怜＝訳

幻戯書房

目次

本書には、今日の観点では差別的に思われる箇所が含まれていますが、作品内容および当時の時代背景を鑑み、原文に沿った表現のままとしています。

ロゴ・イラスト――丸山有美
装丁――小沼宏之[Gibbon]

昼と夜　ある脱走兵の小説

第一の書　列車で

プロイセンと同様に、フランスにおいても兵隊とは隷属した人間でしかなく、
初めて自由になる機会ができるのは脱走兵になった時だ。

代将ド・ブサネル[001]氏『良き軍人』、パリ、一七七〇年。

一　最初の昼

「黙れ、赤毛野郎！」とイラーヌが、見えない籠の鳥に拳《こぶし》を突き出して言った。――「クウ！」と鳥がチェロの高音で応え、床に置いた大きなベッドで娘がわななく音につれて、高音は激しさを増していく。壁とドアまで広がる白いベッドの上には大きなナラの戸棚があり、その扉はぶつかるたびにバリトンの音を立てていた。もう一組のカップルであるマルゴとヴァランスが少し面白がり、怖がって場所を変えたのは、イラーヌの伸ばした鉤爪《かぎづめ》がマルゴの髪を逆立て、ヴァランスの腹に横の印をつけたからだ。サングル[002]も、単調な作業をするこれらの出来事は面白いと思いながら、ほとんど動かずに静かに息をしていた。オスのタランチュラが、毒のある角張った脚を避けられることがよくあるらしいが、それと同じように、サングルは櫂《かい》を動かすように横に離した腕の上という安全な場所にいることが嬉しかった。

部屋には子供じみた物がたくさんあった。一匹の亀が、甲羅の上に嵌《は》められた小さな青いランプを引きずりながら運んでいた。また、リン化カルシウムの擦《す》り込まれた、頭蓋骨の形をした目覚まし時計があり、その下顎《あご》はぶつぶつ言いながら震えていた。作動するとひどく醜いしかめ面をするので、誰の目も覚まさないようにされていた。それから石板が一枚あり、賭けのためにとサングルは言ったが、何よりもたわいない賭けのために、イラーヌが時々、先程書いた数字を消しては新しい数字を書き入れていた。石板と大時計が一致した時だけ真夜中であった。

夜間、それ以外の時は、部屋の様子にも部屋にいる面々にも彼らのする行為にも変わりはなかった。サングルとヴァランスは娘たちにあまり返事をしなかった。二人で話す方がより知的だったからだが、一緒にいられるくらい互いのことを分かり合っていたから、二人で話すこともなかった。磁器の中で縮こまった海が波打つように、野菜農家の車で運ばれてきた陽の光が差した。石板に書いてあった数字は17なのか18なのか四人で話したが、消して最初からやり直そうかとサングルが提案したところで、二組のカップルは二台の二人乗り自転車に乗って出かけることにした。サングルは今後のために体をくたくたにしておく必要があったからだ。弟はどこでもサングルと一緒だった。それは、より黄色かったり白かったりする天体ではなく、サングルの前にあるこの愛しい顔が昼から夜を区別して、彼があまり不幸でないようにしてくれるからであった。

二　最初の夜

霧に包まれたシャン＝ゼリゼ大通り[003]には、先程の四人と同じように自転車に乗っている人たちがいる。サングルはきちんと服を着直しているが、産業館[004]前でなりゆき任せにしている人たちと違って、番号を飾った三角の大きな厚紙を帽子につけていない。売り子たちはこの記念品や、枠に入れるもっと高価な品を売っており、買うのを断る人には、数字を持ってないと、もう家畜の取り分になってしまった皆さんの服が中で盗まれてしまいますよ、と請け合っている。

長椅子に座って待っている男たちはまだあまり規律正しくないので、特にこの大部屋にいると高校生のようで、おかしなことに憲兵も自習監督のように見える。

次に別の部屋でみんな裸になり、身体測定が始まる。ここにも憲兵がいて、青い肉切り包丁の下で売り子が階級章をつけているみたいだ。身長計という、この絞首台に似た秤《はかり》で体重を測られる。サングルの体重が規定に満たなければよいのだけれど。とにかく毛を刈られた羊のような暖かい匂いはするものの、階段を登っていって若い神のように人々の群れの外に姿を現すには構わない。だが他の人たちの身体を形作る、目に見えて触れもできる原子が本当に近すぎる。どうしてこの絞首台をシャワーの水の輪で囲まなかったのだ！　台の上にひどく醜い小男が磔《はりつけ》にされ、赤毛の股のつけ根に将校が親指を差し込む。補助勤務だと言い渡す。サングルは数珠繋ぎになった列に捉えられて階段を登ったが、自分がどこにいるのか分からない。筋肉をぴしゃりと打たれ、兵役合格だという声とともに服の方に押しやられる。

長髪だったので、「さっぱりと切らんといかんな」と憲兵に言われる。

三　別の昼

自由なサングルは死刑を宣告され、その執行日も知らされている。するとゴンドラの形をしたブリキ製のベッドが航行し始める。サングルは東洋の王様のように、ベルトのところまで黒大理石のカバーにくるまり、カバーはまだ引き上がるだろう。サングルは、かつて大麻《ハシシュ》を吸ったような精神状態で弟と一緒に森の中を散歩したことを思い出す。関節でしっかりと連結された物質的な身体が木々の下を歩いていた。その上を飛ぶ、氷でできた雲のような流体が何なのか分からなかったが、それはきっと霊体[005]であった。もう一つ別のさらに薄いものが、より高く上空三〇〇メートルあたりで動いていたが、それはおそらく魂であり、これら二つの凧《たこ》は、目に見える一本の糸で繋がっていた。

サングルはヴァランスに言う、「弟よ、僕に触らないでくれ。凧を持ったまま電柱の下を走る時みたいに、木で糸が切れてしまいそうだから。そうなったら僕は死んでしまうように思われるんだ」

サングルはある中国の本で、中国に住む未知の民族についてのこんな民族学を読んだことがあった。本によれば、その民族は頭を赤い毛玉から伸びる糸で繋ぎとめており、頭を木の方に飛ばして獲物を捕まえると、頭は戻ってきて血まみれの首飾りにくっつくのだという。ただ強風が吹いてはいけない。糸が切れて、頭が海の彼方に飛んでいってしまうからだ。

弟ヴァランスが十カ月間遠くに行くと知ることになるわけだが、自由なサングルは弟と同じく兵士から遠ざかり、自分の過去をヴァランスの現在として、そしてまた、自分の気に入るがゆえに魂で唯一真実のものである印象として生き直していた。すると場所はサングルが以前に訪れた別の自習室になり、その思い出が、ゴンドラの形をした白いベッドの方に戻ってきた。

赤色や灰色の広いアトリエの中、大きなランプでできたオアシスの下にいるのはユダヤ人宦官のセヴェリュス・アルトメンシュ、家主で画家のラファエル・ロワソワ、著名なドイツ人審美家のフライヘル・ズスフラッシュ、政治評論家のボンドロワ、モデルをしている少女であだ名はユップ、そしてサングル自身だ。

ユップはドイツ人審美家の体を手に入れられるとは思っていなかったが、ラファエル・ロワソワの体や、その前にボンドロワの体を手に入れた時のように、サングルの体を見たり手に入れたりできたら嬉しいわと言っていた。サングルは答えた、ユップは使えないかもしれないけど、ユダヤ人宦官《かんがん》のセヴェリュス・アルトメンシュの体を見る方が面白いだろう、だって奴の体の一部が宦官なみにすっかりなくなっているのか、ユダヤ人の印のぶんだけちょっぴりなくなっているのか、要は誰も知らないんだからさ。そこである策略を思いついた。くじに当たった人が裸になってモデル台に上がるという、アトリエでは法に触れないゲームをするのはどうだろう。奴に当たるぞとサングルが予言していたけれど、インチキなしでセヴェリュス・アルトメンシュにくじが当たった。嫌がる彼の肩をサングルが押さえつけ——指先でだ——、ユップが服を脱がせた……

セヴェリュス・アルトメンシュが足以外裸で現れた。足は大げさなブーツの底に納まっているだけだったが、よけいに分かるほど歪《いびつ》だった。胸はくぼみ、腹は三角錐《すい》の角のように出ていて、腕は二枚の板にそっくり、足は半獣神ふう——といっても版画の中で慎み深く去勢された半獣神だが——、そして手足は関節からあらぬ方向に曲がっていた。油脂を思わせる羊毛とでも言うべき、ビクーニャかリャマ[006]の巻毛の毛皮があちこちに生えていた。上が尖《とが》った三角の恥丘を、鉤爪の形に切りそろえた爪で、巨大な腹から胸の方へ掻《か》き上げていた。

ユップはセヴェリュスに徹底的に媚《こび》を売りたかった。セヴェリュスは小さな叫び声を上げると、しなを作って乳房にかじりついた。彼はマゾでフェチで三百代言《さんびゃくだいげん》だったので、ユップは何の成果も得られなかった。彼は絨毯《じゅうたん》の上に転がって、剝製の孔雀《くじゃく》の嘴《くちばし》を吸った。

くじの順番で、フライヘル・ズスフラッシュが服を脱いだ。ほとんど同じくらい不恰好で、二十四歳なのに十二歳で成長が止まっており、ショーペンハウアー[007]が仲間たちに求めた見た目のようだ。骨だらけで、腹は生き生きとしている。

ラファエル・ロワソワの目鼻立ちとメイクをした顔は美しかったものの、体はダ・ヴィンチの描いた洗礼者聖ヨハネに似て女っぽすぎた。

ボンドロワは良かった。最後のサングルがいちばん調和が取れていると思われた。生え始めたひげのせいであまりにもアトリエのモデル然としていたけれど、誰よりも純潔な体をしていた。

もはや裸の六人しかいなくなったから、公然猥褻《わいせつ》罪はなくなった。突然ベルが鳴った——まっ裸のボンドロワがドアを開けると——モンクリフだった。赤毛で醜く、体はセヴェリュスとほぼ同じくらい曲がっている男だ。入って来てびっくりして、逆に自分の方が犯されるのではないかと怖くなり、インバネスコートを何着も羽織ったまま腰掛けた。みんなは心底嫌になった。七人目のこの男が、服を着てはいるけれど猥褻罪に当たっていたからだ。

大きなランプのガラスが割れており、そこから上がる煙の中に六人は姿を隠した。「七人目」がやって来たことに憤りながら服に向かって走り、裸足に切り傷を作った。

四　蠟燭《ろうそく》消し

サングルは髪を切られる前に除隊されたかったが、みすぼらしい服に潜らされる前に除隊されるかどうかが分からなくて心配であった。一度だけ近くで軍人を見たことがあった。たまたまブレスト[008]の近くで三等車に乗っていた復員兵で、軍用コートとズボンの下はまっ裸であった。ポケットの穴から汚い肌が見えていた。糞と、熱と、精液と、ワックスと、武器に塗るグリースの匂いを立てていた。サングルに投げ与えられた服は、明らかに何人かのトンキン[009]人の体を拭いたものだった。連隊にいる時にはズボン下を履くと、こうした裏地に触れずに済むので便利であるとサングルは分かった。消毒済みかもしれないが、それは物理的な話。気持ちの中では裏地に悪臭が染みついていた。備品はもっとひどい。つまり靴だ。彼はいちばん小さなものを探した。二三センチの革箱の中に足をぬからせると、隙間があるので縦横に揺れた。黒いねばねばを詰めてごまかしてあるものの、流れでかかとが擦れるので、靴を押さえるために足の甲を知らずしらずのうちに体操させなければならなかった。

体の反対側も同じことで、ケピ帽[010]の革が似たような垢《あか》で柔らかくなっていた。榴弾で放火する下僕のボタンからは、鼻先まで緑青が昇ってきていた。上着の袖は長かった——類人猿がこうも目につくほどの分化をして腕が短くなるのは、規定のサイズの想定外だった。類人猿の足は手であったが、手も足だったわけだから、口と肛門である一つの穴しかないクラゲのようなものなのだ。

伍長はもっと気楽にしており、彼にさん付けをしなかった。

部屋では——新しい服を着た男たちが下士官のまわりに「軍隊姿勢」で立ち、自分たちの軍服を誇らしげに見ているが、ほとんどは農民だ——操典を聞かされてサングルは喜んだ。金筋の意味や階級の見分け方を学んだからだ。勲章など面倒だったし本能的に嫌いだったから気に留めたことはなかったが、勲章についての知識を休みなく詰め込まれて飲み込まされた。

「軍ではさん付けをしません。俺のことは伍長と呼びなさい。ゴチじゃないぞ。伍長殿でもない。殿をつけるのは曹長以上に対してです……」

五　道中

サングルのベッドを先輩が整えてくれたが、シーツはひどく汚く見えたし、掛かっている毛布も牢屋にありそうなやつで、灰色や茶色という家ネズミや野ネズミの色をしていた。二つの大きなドアから漏れてくる騒音と隙間風の中で、サングルは眠りに落ちていった。

鏡が怖いたちだったので、他の軍人たちの中で、ガラス窓に映る自分の姿を眺めていた。

ベッドを仕切る黒っぽい木がサングルの上にそびえ、馬小屋の秣桶《まぐさおけ》か三等車のドアのようであった。黒っぽい手が、名の知らぬ臭い馬具を窓ガラス越しに揺り動かしていた。列車はアミアンやリール[011]のような町の方へと走った……

列車が北上するにつれて家の色は赤くなっていく。家は煉瓦《れんが》の中で煙草を吸い、口に居酒屋《エスタミネ》という文字を掲げている。道はとても古くて色あせた赤いズボンの灰が撒《ま》かれて磨かれている。車両の下の鉄具の下に恐ろしい石畳が見える。近代の北部地方は古代のペルシア《エクバタナ》[012]にそっくりで、町は最初に作られた人間と同じく、陽に焼けた赤土のままだ。

列車はアミアンやリールのような町の方へと走り、アリュアンやメーネン[013]を通り過ぎた。

次に現れたのは濡れたライ麦と木々で、木はメムリンク[014]が描いた時といささかも変わらず、大きな巻毛の羽根そっくりなので、日没の時しかよく見分けられない。その後はすべて灰色になり、地平線はもうまったく見えなくなる。

電信線の下を、盛り土が列車と平行に走っている。この測量線とやはり平行に、水深三・四メートルの海が調子外れの音を響かせて白波を立てている。その向こうには砂色の空しか見えない。ブリュージュ[015]を通り過ぎたが、この町では大聖堂の中に列車が止まり、小道沿いの家々は死にかけの猿か興奮したニンフ[016]の腿《もも》に扮《ふん》している。またビールを飲む広場では、気立ての良い少女が緑土でできた燭台を売っている。夜が海からすっかり出てきて、沖では波が大きなノコギリになって、エメラルドグリーンの燐光《りんこう》で明かりを灯している。列車は浜沿いに走り、そこの木々だけが日曜に射手が狙うマストだ……

サングルはアリュアンやメーネンを通り過ぎ、ベルギー人の憲兵が初めてやって来たところでやっと目が覚めた。

将校がサングルの足を引っ張っていたのだ。

「起きなさい！　曹長がお呼びです」

寝ぼけ眼でサングルは、血のように赤い半ズボンと鋭いボタンがついたボーイの上着を着て降りていった。文学にくわしいサングルを主計曹長が呼びつけたのは、ちっとも解けない新聞のナゾナゾを解いてもらうためだった。

いくつもの階段を降りていくと中庭に着いた。四棟の兵舎で囲まれた巨大な夜の壺だ。雪でぼうっと照らされ、その一角には、詰所の窓と煙る煙突から発される黄色い硫黄が塗られている。

歌詞は聞き取れないけれどとても美しい歌が、火炎様式《フランボワイヤン》[017]の換気窓から立ち昇ってきていた。窓は口となって、巡礼するブルターニュの民衆によるハレルヤを言うか、腐った海の上でサミュエル・テイラー・コールリッジ[018]が聞いた、天上の精霊たちのまわりで発された音を伝えている。

……心地よい音が、精霊たちの口からとてもゆっくりと発せられる。

精霊たちのまわりをしばらくの間、心地よい音はそれぞれに漂っていた。
それから音は
植物のように、
太陽の方へと昇っていった。
すると太陽から同じような音がまた降りてきた、
混ざり合ったり別々になったりしながら、ゆっくりと降りてきた。

ある時は、
ヒバリの鳴き声のように空から降りてきた。
ある時は、
静かな海が
森の鳥たちのさえずりで満たされた。

フルートの独奏や、
知っている楽器がみんな鳴る演奏会や、
天使の歌う
不思議な歌が、天地が静まり続ける中で
聴こえていた。

朝のコーヒーを淹《い》れる料理人の声が、淫《みだ》らな歌を通して聞こえてくるのを、サングルはとても長いこと聴き続けた。月の下で、時計が静かなしかめ面で時刻を書いた。四時だ。

サングルは自分の小隊の部屋の方に、つまりよく似た多くのドアとよく似た多くの階の間にある、ありふれた部屋の方にまた上っていった。いくつかの部屋では、自分が出てきた場所に自分と同じ様子をした何人かの体が、平らに並んだベッドに起伏少なく横になっているのが見えた。紛れもない自分の寝床を見つけた時、高い荷物棚の上から音が伝わって跳ね渡った。古参の鼓手が棚板に沿って裸足で滑りながら、そこに置いていた自分の箱をこっそりと拭いていたところ、寝ている人たちの胸の上に立て続けに装具や袋を素早くひっくり返してしまったのだ。

少しばかりまた静けさが戻ると、うるさいラッパが鳴る頃だなと思う人々に向けて、陽光が霜の張った顔を窓ガラスにぺたりとくっつけ始めた。

六　掲示

号笛。最後の休止だ。たくさんの人が、つまり将軍と、十分ありうることだが兵士全員が来ている。みんな金色の物を持ち歩いているが、それは軍旗で、中尉が腹の上に誇らしげに立てている（書簡を巻きつける棒なのだ、とアリストファネス[019]の使者は言ったものだ）。それからたくさんの石ころがあるので、乗物から降りずに足止めして左足を敷石につけ、座ったままでいると楽だ。右足をほんの少し動かすだけでまた前に進める。とはいえ足を地面につけ、肘で自転車に寄りかかっている方が、軍隊では礼儀にかなっているかもしれないとサングルは思う。向かいにサーベルを掲げている将軍がおり、鼓手たちが太鼓を連打しているからだ。この哀れな奴らはみんな背嚢《はいのう》を背負ったまま武器を掲げている……

また号笛だ。右向け右。進め。

サングルは眠たくなって音が耳に入らず、くるくる回る籠の中で小型オルガンを回すリスのように、軍楽隊を前、ついてくる音楽を後ろにして、ひたすら漕いでいる。前を行く鼓手の尻に飛んだ泥を拭いながら。

夕方、軍曹が、

「厚かましい奴ですな、お前さんは。旗に敬礼しなかったでしょう」

サングルは言う、「旗ですか。勇気があることを示そうと敬礼しなかったんです。旗に敬礼するなんて思いつかなかったのかもしれません。それに他の人たちが敬礼するのを見るのに大忙しだったものでして」

「将軍もいたのにかね。お前さんに三十日間の懲役を食らわせなきゃいいですが」

翌日の日務報告会にて、

「兵士マチューラン、ケルルヴズーならびにゴーチエに二週間の懲役を命じる。兵舎の中庭で旗に鐘を鳴らした時、部屋の窓ガラスの後ろで脱帽しなかったゆえ」

それだけだった。

七　掲示の続き

最初の晩に主計曹長に呼びつけられた時と同じく、サングルは将校たちに招待され、大佐夫人の部屋で退廃派《デカダンス》の詩人として振舞うことになったのに、姿を現さないというヘマをやらかした。下士官たちに文学講義をする担当のヴァンシュエ中尉が、将校たちにサングルの文学作品を読んで聞かせた。

中尉はサングルを部屋に呼び、こんなおかしな銘句《エピグラフ》のある詩（自作だそうだ）を読んで聞かせた。

婚礼の粉屋が孫を亡くしていた。
はしごを登り、ドアに釘を刺す。
蜘蛛に「今度はお前だ、『十字の
釘』よ、壁をつむげ」

牧歌

望みを持つ草原と穏やかにほほ笑む空は、

芝生のトリルで大気が震えるのを見る。
淡い緑のニレの若木は葉であおぐ、
地平線で汗を流す、喉がかわいた太陽を。

帽子の上で垂飾のリボンを巻きながら
風は赤らみ、喪中の蜘蛛に笑いかけ、
入口の舞台を囲む縁取りから垂れている
重い玉結びを、うなじのところでねじる。

ヴァイオリンの甲高い音が納屋の中で軋《きし》んだ。
操り人形を動かす音の近くで、踊り手たちは
泥の上で、区画によってかかとをはっきり目立たせた。
楽弓という舟はリズムに揺られて航行する。

ここで日曜とガラスの鐘が鳴る、それは
垂れ下がったケープにある金銀細工の鈴だ、

トルヴェール[020]たちの持つ緑水晶製のマンドリンだ、
彼らの激しい叫びを舐めるシャリュモー[021]のラッパだ。

まっ赤な太陽が平野の上で汗を拭く。
カップルたちは二人ずつ雨宿りしに急ぐ。
雨に打たれて木靴が震え、とても近くで鳴り響く。
ハチドリ小屋のダイヤが光るのはいつだろう。

噴き出て打ちつけた。二つの極から伸びる手のひらが
矢のように流れる水で、膨れた木々を打ち叩《たた》く。
雷が落ちてその鉄板を騒がせ、
ダマスカス鋼[022]の刀は、鞘から抜かれて身をよじる。

わが双の瞳という閉じた輪の中、
わが十字架の壁の上で葉叢は眠った。
ここで永遠の鉤爪が引き締まり、

司牧の杖を持つ指導者の王冠をたわませる。

ピンクゴールドの朝日で幽霊たちは溶けた。
重い足という荷物の下で野花は枯れかかる。
時の神はプレクトラム[023]を左から右に横揺れさせ、
飛び立つ脊索《せきさく》動物[024]たちを、種蒔《ま》く人のように揺り動かす。

煙突の歌がその渦巻模様を青くした。
藻の生えたコオロギ泉は冷たい源から湧き出て
脈打ち、フルートの孔のような雫を散らす。
小川の太鼓で、葡萄《ぶどう》のつるが跳ね上がった。

肉体的な期待をすくませた者たちの
椎骨を、冷たい墓の中でつまぐる
われらの権利という丸屋根を侮辱する者のため

ハイイロガモは照りつける陽に驚き、
雄牛の低い額で対をなす曲がった象牙。

「将校の詩ですね」とサングルは丁寧に言った。宿屋の女が商売上、二等兵にお世辞を言うように。

ヴァンシュエは本当に知的な男だったが、顔を赤らめた。

彼は、二本の金筋など生計を立てるための道具でしかなく、自分はアナーキストで、芸術においてもそうなのだと公言し、物知りなところをひけらかそうとした。

「若い人たちがやろうとしていることは何でも知っていますよ。ヴィクトル・ユゴー[025]とかアルフレッド・ド・ミュッセ[026]とかいった、現代の大詩人の本を読んでいるだけじゃないんです。モーパッサン[027]やゾラ[028]やロティ[029]の作品をよく知っています。『死と哀れみの書』の底知れぬ深淵は見事なものですね。『さすらい人』の上演を見に行ったんです。劇では農家の暮らしが実にありのままに観察されていましたよ！　親類縁者たちがいまわの際なのに、自分の牛のことしか頭にない典型的な農民だとかね。『さすらい人』の言う美辞麗句は叙情的すぎて、そういう正確な観察とはちょっとそぐわなかったですが。でも何とも思い切った表現で、美しい詩句でしたよ！『さすらい人』をご覧になりましたか」

サングルは言う、「別のところでなんですけど、お感じになったような喜びを私も感じたことがあります。ジョヴィアル大通りのミュージック・ホールで観た劇なんですけど、ごく自然な情念が大げさにでなく、われわれみんなの心を掻き立てる時のようにパントマイムで表現されていると思ったんです。

　それはイタリアのパントマイム劇であった。最初は普通のイタリアのパントマイム劇と変わらない始まりであったが、途中でピエロとカサンドル[030]がアルルカン[031]を殺し、医者は死体のまわりを小股で三度回ったのち、財布を持っているのではと思って立ち止まり、死体を解剖しようと研究室に持ち込んだのだ。

　ピエロは死人を起こして壁に押しつけたが、まだ死後硬直が始まっていなかったので、そいつの頭の後ろに向けてつばを吐いた。背を向けて背負おうとすると死体の膝が曲がってくずおれ、これが三回も続いた。殺人を運び去ろうと思って空を摑《つか》むたびに起こることだ。ピエロが死体をじろじろと見ていると、意地悪なことに死体はまたまっ直ぐになった。死体が硬直してしまったので、運ぶには腰を摑んで跳ねながら研究室のドアまで押しやるしかなくなった。カーテンをまくり上げたコロンビーヌ[032]も固まってしまったので、同じように跳ねながら彼女の体を運ばなければならなくなった。明らかにこの『パントマイム劇』の作者は、生や死とはどのようなものかを経験の中で会得しているので、われわれはみんな、見たことのある光景や、われわれに見合った情念が描かれているように感じたのだ……

『王』は自分のことを『われわれ』と言う。

　だが印象が恐ろしいほど正確で、自然さえもわれわれの前にあったのは次の場面で、とても美しかった。

　ピエロが座って、死者の遺産がいくらあるのか紙に書いて計算していると、死者が、というよりも死神が、骨まであらわになった姿で椅子の後ろにやって来て（赤いタイツを着た俳優が赤い背景に紛れて姿を消していたからだ。タイツには骨が巧みに描かれており、緑色が投影されて骨格を動かし、肉を黒く消していた。まるで約四五度に開いた鏡で自分を見ると、二つの像がずれて重なるので、揺れ動く形の間に細い椎骨が残るかのよう）、死神は自分の指にそっくりな蠟燭でピエロの右側を照らしていたが、それを吹き消し、次いで右側の蠟燭を消して左側の蠟燭をまた灯した。死神はトロンボーンのステップに合わせてリズミカルに歩いた。ピエロが振り向いて自分のおぞましい『悔恨』を見た時、カサンドルが駆けつけてきて、床で青ざめているピエロを助け起こし、何もないことを示して見せた。研究室の戸棚を開けてみると、解剖前のアルルカンはおとなしくますます死体になっていた。こんなふうに自分たちの感覚を確かめた後でも、死者は骨というレースをまとっただけの姿でまた現れた。これが四回も続いたので、お祭の仮面と色とりどりの菱形模様を身につけてほほ笑む死体の肉を、繰り返すジグ[033]の曲に合わせて甲斐もなく調べる二人の老婆じみた顔に、抑えがたい恐怖が現れることとなった。

最後にバレエでフィナーレを迎える時には、骸骨はみんなの中に紛れ込んだんです。こういうところに最良の写実主義があって、私たちの日常生活が鋭く観察されているのではないでしょうか」

分かったような様子でヴァンシュエは言う、「おっしゃる通りです。それはホルバイン[034]とか死の舞踏[035]とかが表している深い考えで、人ヨ思イ起コセ……[036]というやつですね」

サングルは軍隊式に回れ右をし、最初の二歩を強調してから引き下がった。みんながとある老嬢[037]のように、美術史やラテン語の引用句や一般教養をわきまえているのは困ったものだと思っていた。

八　弾道に沿って

朝、兵士たちは、赤ズボンを覆っている粗布ズボンを脱いで、まくり上げて左裾《すそ》で銃剣を支えている第三軍用コートのボタンをつや出しするように命じられた。兵士たちは弾薬盒《ごう》二つと弾薬かばんをホックで負いひもに留め、軍曹たちは、二人の男にルベル式連発銃[038]の中にひもを通させてから、二重らせんの輝きを確かめた。次いで、下に！と叫ぶ。曹長が兵士たちを壁に向けて一列に並ばせ、銃口に銃剣をつけさせた。兵士たちは「めいめいに」白黒の小さな標的に照準線を合わせた。伍長たちが照準台のところで、照準を調節して合わせる操典を男たち一人一人に繰り返した。白い標的が銃剣で壁に留めてあり、照準手が可動式の的を動かすように命じた。伍長が窓から的を上げ下げすると、空撃ち薬莢《やっきょう》を装塡した男たちが反復装置のある紡績機の音を立てて、次々に的を狙うのだった。兵卒はみんな、寒さで震えたり雨氷の上で滑ったりしながら時間を見ていた。手袋をはめることは禁じられていた。時々、部屋から出てきた人が階段の最後の二段を降りて中庭に足をかけると、銃剣のある方によろめくことがあった。

集合、右にならえ、注目の号令がかかった。伝令兵たちと、射撃操典を聞かずに済むように、出発時刻は聞いていなかったと言う人たち全員を待った。また招集、そしてやっと右向け右の号令がかかる。照準手たちは二時間前に出発していた。ラッパが鳴った後、規定通りに道具を持つ。ひ弱な男二人が肩から落ちる銃に悩まされながら、ひどく重たい弾薬盒を背負って息を弾ませ、後ろの方で急いでいた。

兵舎の柵、並木道、町と、背嚢を背負わずに歩くのは楽なのだが、兵舎の氷の次には横滑りする泥があるので牛たちはぬかるむ。打撲しそうな敷石が途切れるとほぼ垂直の坂道がある。左右の路地は修道院や寄宿舎の方に向かっている。路地には大昔からの名前がついており、その名前は木に紛れて見えなくなっている。サングルは息をハアハア言わせながら、けりをつけようと思わず足を早める。「途足」の許可が出るまで、平らな演習場で息切れが続く。サングルは銃をあまり規定通りに支えられない。腕が短くて銃床の留め輪に手が届かないので、負い革のまん中を握っているのだ。歩道の上まで逸れることができるが、歩道の砂利からの衝撃がかじかんだ足と軍靴に走るので、タイヤみたいに穴が開くのではないかと思われる。

赤茶色の生垣と青い苔の生えた堤が伸びている。自由だった頃、サングルはそこでナイフを持ってコオロギを追いかけ、後ろにある巣穴をふさいだものだ。川の上にはスケートで自由に滑っている人が一人いる。向こうにはポプラ並木と、古くからある十字架が見える。サングルはこの十字架を長いこと探し求めたものだが、夢の中でのように、見つけなくてもそこにあるのが分かっていた。この十字架にはキリスト像の代わりに受難の道具が磔にされていて、柱の影には卵立てに似た木製の聖体器が、狩で追われた夜鳥のように隠れている。軍服を着なくなってから兵士がするように、小脇に抱えた猟銃を自由に肩に構えられるなら、間違いなく命中させられる。小便していると洗濯船の音が聞こえ、生垣の後ろの鼓手学校から「右二打、左二打」の音が聞こえてくる。橋とレールが左右対称に、パリの方と海の方に伸びている。

自転車のフロントフォーク[039]をがたつかせながら、道を塞ぐ荷車が下にありはしないかと恐れつつ岩場の道を下っていくと、道は自転車道のようになって村や川の方へと続いている。農場に風変わりな風見鶏があり、杭が刺し貫かれた心臓を通して立ち、中国の龍が自分のしっぽの後を回っていた。浮草という鱗に覆われた沼では、エゾゲンゴロウモドキや樹脂《ピッチ》色のユーラシアガムシ[040]の出す泡がブクブクと音を立てていた。

号笛が鳴る。銃を右肩に乗せて速歩を取れということだ。担え——銃。戻ってきた中隊に挨拶する。

水が流れて露に濡れた谷間には白い氷がばらばらと散らばっており、岸にわずかに陽が当たっていた。丘の上にある監視つきの雑木林で、サングルはフェレットを使って狩をしたものだ。のたくる長い赤蛇を鞭を持って追いかけたこともあったが、蛇は泳いで逃げてしまった。川の水が冷たくて窪みが大きいので、軍服で体の自由がきかないサングルは跨げるような細い流れを探す。こんなボロを着ているのだから汚れても構わないのだが。男たちの手は厚く、腿は疲れ、足は重く、頭はケピ帽で擦りむけ、背中は、背嚢を背負ったことを思い出したり、これから背負うのだと思ったりすると折れ曲がる。地面に置かれた銃はトリガーガード[041]まで泥にまみれ、銃身の中に雨が滴り落ち、銃口の中は錆びていて、梅毒症状のような斑点が浮かんでいる。武器点検が行われる予定なので、サングルを担当しているブラシ係は忙しくなることだろう。

男たちは堤から草やぬかるむ泥の上に飛び移り、生垣に向かって小便をする。それから一人一人に薬莢の包みの半分が渡されると、数珠繋ぎになって自分の番を待つ。銃で狙うのは絶対禁止で、違反すると禁錮刑だから練習する必要はない。前もって十分に狙いを定めた。少なくとも事故の心配はないな、と家畜は考える。さらに射撃地点まで捧げ銃の姿勢で前進し、立て銃をしてから、標的に向かってもう一度射手の姿勢を取らなければならない。一人一人のそばに軍曹が立ち、アドバイスを詰め込んで表向きは射撃の仕方を正す。何よりも規定通りの姿勢を取ることを兵士に求め、標的に向かって照準を合わさないとたぶん引き止めるだろう。銃の前を通る将校は誰もおらず、跳弾や銃弾による穴を確認しに行かされるのは二等兵だ。それでも将校が心配することは何もない。部隊は驚くほど見事に飼いならされており、「下手糞ないし馬鹿者」は、命令しなくても同僚に袋叩きにされているからだ。

この言葉で軍隊を侮辱するつもりはない。

九　軍隊による愚鈍化について

「規則とは軍隊における基本戦力である」と操典は説き、いついかなる時も本能的に服従して従属するように兵士に求める。操典によって知性がまず失われ、次いで自己保存本能から生まれる少数の動物的本能と、隊長の意志が向かう方にわずかに発展させた意志に取って代わられる。

自己保存本能には、高貴ものと下劣なものの二種類がある。高貴な本能とは、自我を保存し、外的圧力に屈しない個性を維持する本能である。知識人たちが死ぬまで争い合ったりすることなどありえない。知識人であるという点で共通しており、お互い厳密に対立し合うことがないからだ。また別の理由から、知識人たちがいがみ合うこともない。他者を殴ると、傷のつけ方をそいつに教えてしまうことになるのではないかと恐れるからだ。もっとも、知識人たちの間で「他者」というものがはっきり知覚されているかどうかは疑わしいが。ブルジョワや農民や兵士は、どの身体にも同じ本能、つまり大衆のもつ本能があるだろうと思うので、「他の人たちと同じよう」にしない者がいれば眉をひそめる。身体（あるいは大衆）とは不連続なものだ。身体が空間で隔てられているのに、自分たちは連帯していると思っている。不連続なものは連続状態を目指さないと死んでしまうからだ。だが連続しているものとは、等しい性質である完全なもの、絶対なもの、無限なものである。よって二つの無限というものは互いに制限してしまうのでありえないのと同じく、一つの連続しかありえない。不連続なものである物質、身体あるいは大衆が、「精神」という連続しているものにとって代わるには、精神を消し去ってからでないといけないだろう。消すためには、自己保存本能が強いか弱いかに応じて、周知の方法か多少厳密な歯車装置のある乗物に乗るか、どちらかによることになる。

隠者は断食や祈禱《きとう》をして体を疲れさせることで肉欲を克服し、精神を神の方へと向けていたものだ。兵士は飯盒（水は兵士の毎日の飲み物だ）やつや出しといった、絶えまない仕事をすることを命じられている。訓練以外では、仕事《オキュパシオン》は仕事がかくあるべきものとなっている。つまり人を絶えまなく支配《オキュペ》できるのだ。長靴のかかとで右向け右をするので、練兵場の泥の上には吸盤じみた穴がいくつも空いている。妙なことに、長靴は油脂で磨かなければならない。靴墨で磨いてはいけないと言われている。革を痛めるからだそうだ。それなのに長靴は黒くなければならない。どうすればよいのだろう。知ったことかと伍長は言うだろう。なるほど、靴は確かに黒い。ところがズボンの脚の内側にある白い裏地は、靴墨や加脂剤がついてもまっ白いままでなければならない。そんなわけだから、いつも白くなる長靴をいつも黒くし、きりなく黒い染みがつくズボンの帯飾りを絶えず白くしなければならない。おまけに短靴には靴墨をかけ、靴底の下でぴかぴかにさせることが大切なのだ。

兵士が取っている本当の姿勢は強硬症のような不動の姿勢なのだが、それは壁に向かって武器を掲げると銃で黒い線が引かれることになり、自己催眠にかかるからだ。知的な将軍というものは大魔術師であ、、、ろうが、逆に彼が催眠術を受け、もっときつい苦行で訓練させられたことなどなかったに違いない。

十　もとへ

男たちは横に疎開隊形を作り、銃を水平に持ちながら、まずとても早く歩いた。場所は練兵場近くの広い草原で、端と生垣のあたりでは斜面が高くなり、緑の空しか見えなくなるかのようであった。細い鐘楼が翼を広げたハイタカの形をして、獲物の作る影のように不動で滑空していた。風が斜めに吹きつけ、命令する声もか細く聞こえた。射撃が始まった。

「一二〇〇メートル先——十字に向かって撃て!」と伍長が言う。

彼の言葉の端にはきっとフックがついており、弾道に沿って風の中でひゅうひゅうと鳴っていた。男たちはまっ白い大きな標的を空砲で撃ったが、そこには黒い十字も描かれており、雄鶏を催眠にかけるために引かれた二本の線のようであった。夢と同じでいつも獲物の取れない狩の音が、誰もいない草原に響いた。

矢を放とう、放とう。
　放とう。
そして敵をやっつけ、
やっつけ、やっつけよう。

お国を守る、守る、
守る・た・め！

次いで全部隊が横一列になって歩いたが、地面の穴やこぶに足を取られ、列はひどく歪《ゆが》んででこぼこになった。軍曹と曹長が前後に歩く間を、何も考えず静かに歩くのは嫌ではなかった。サングルはすっかり眠りこけ、ただ自分一人のために草原を散歩していた。草の中に虫が、生垣の中にキクイタダキ[042]がいるのが見えていた。

突然、注意を向けねばならなくなった。休憩として堤の便所で用を足し、弾薬かばんの脇の食堂で食べた後、中尉が新しいことを説明したので、その演習を行なった。

ヴァンシュエ中尉は金色のひげという羽毛の中にいると、蹴爪に赤と黒の和毛《にこげ》がたくさん生えている、取るに足りない鳥だった。

「これから、**騎兵隊に対して縦隊を組め**と命じます。説明する通り、四つの小隊が正方形を作るということです。ただ**騎兵隊**という言葉を聞いたら、他のことは分からなくても銃身に銃剣をつけるんです、言われなくてもね。それが操典です。戦闘中に馬が来たら、銃剣を構えて腹をかっ裂いてやろうなんて思わないように。フリードリヒ二世[043]の時代だったらそれでよかったんですけど。壁にびん底を並べたらたぶん士気に響いて騎兵隊は怖気《おじけ》づくから、皆さんは勇気を出してその場に止まっていられるでしょう。だけど手持ちの薬莢がなくなって、二〇〇メートルから一〇〇メートルまで近づいてくるうちに撃ちつくしてしまい、手持ちの薬莢がなくなったんなら、銃も銃剣も放っぽり出して逃げる方が話が早い……　軍曹たち、分かりましたか。じゃあ始めましょう。**縦隊を組め……**」

　サングルはすっかり眠り込んだ後、はっきりと夢見ていた。午後、担当のブラシ係が靴につや出しをしている間に何か本を読もう。伍長に酒を飲ませ、一日休暇許可証をポケットに入れて、五時に外出しよう。荷物は町でまとめてあるし、列車は六時にまたやって来て、練兵場や鼓手学校沿いを走ってパリに向かうだろう。パリで民間人に戻ったら、横領罪で訴えられるといけないから軍服を本隊に送り返そう。そしたらブリュージュに行こう。合法的に脱走兵になるまでにはしばらく時間がかかるから、身を落ち着ける時間があるだろう。父親は向こうにいる俺に毎月送金してくれるだろう。そう思うとサングルは兵役最後の日や、美しい草や、鳴り響く埃が楽しくなり、兵士気取りをするという滑稽なことも初めて楽しくなるのだった……　すると訓練の第三部を行う前の、最後の休憩の合図が下った。

　叉《く》め……銃《つつ》！

　隣にいる男も面白い奴で、叉銃する時にいつも間違えるのだ。中尉がやって来て言う、

「伍長、休憩中はずっとその分隊に銃を叉んで解かせなさい。演習が終わったら、中隊は駆け足で兵舎に帰りなさい。あと今週は俺の小隊に出した休暇許可証をぜんぶ破ることにします……　集合！」

　散開隊形をまた半時間取り、ひざまづいての禁足や射撃で中断されながら、家畜たちや土曜の市の中へと走って帰営した。

　サングルは他の人たちと同じく休暇許可証が破られたので、翌日の八時にしか外出できなくなった。駅に曹長がい

る前で、許可証を持たずに列車に乗ることなど考えられなかった。民間人のなりをしていても見つかっていただろう。サングルは一日中、鎧戸《よろいど》の下りた部屋で暖炉にあたりながら、ランプの下でものを書き、ひたすら眠った。今度の日曜まで待つ気がしなかったので荷物は解いてしまった。彼には自由が必要だったのであり、自由ではないにせよ、軍服を着ずに、落ち着いて本を読んだり眠ったりできることがすぐにも必要だったのだ。

第二の書　わが弟の書

悲しみにくれるわが心を奪って
最愛の人は去ってしまった。

シャルル・クロ

一　兄弟愛《アデルフイスム》と懐古の情《ノスタルジー》

弟ヴァランスがかつて実在していたのかどうか、サングルにはあまり確かでなくなっていた。一緒に学生の乱痴気騒ぎをしたり、徴兵検査の前日にサイクリングに行ったりしたことはよく覚えていた。あの時は陽が差してあまりに暑かったので、空気が液状になっていた。原子のざわめきが聞こえるかのように虫や鳥が絶え間なく鳴いており、木から落ちた甲皮を旋回する車輪で楽しんでつぶすと、それは小さくはじけるのだった。まさにこんな風にサングルは天体が奏でる音楽というものを思い描いていた。その後、ヴァランスがもうフランスを去り、インドでマラリアに囲まれながら細々と生活していることを知り、時を同じくして、自分も軍隊という、蝸牛《エスカルゴ》のような動く牢屋に閉じ込められることになると知った。向こうに手紙を送っても六十日かかるうえに、返事も四カ月もの間眠って戻ってこなかった。

そんなわけだから、サングルはヴァランスに手紙を書こうなんて気をすっかりなくし、夢でも見ていたのだろうと思うようになった。サングルには人の顔の記憶がまったくなく、母親が亡くなって二日経つと、顔を空中に写し取ろうと思っても復元できなかった。だからヴァランスの顔もちっとも思い出せなかった。写真を三、四枚持っていたが無駄だった。そのうちの一枚は出発する時に撮った写真だが、捉えどころのない視線やもの言わぬ口は、剥製にされた鳥のように怪物じみていた。

弟が僕を忘れてしまったのかどうかは分からないが、
自分はじつに孤独、ひどく孤独だと思う。
あざむく想い出を辿《たど》ってみると、
愛しいあの顔が遠くで青ざめている。

目の前の机の上に肖像写真があるが、
あの人が醜かったのか美しかったのか分からない。
「分身」は墓のように虚ろで虚しい。
僕はあの人の声、あの愛すべき声を忘れてしまった、

公正な、わざと作り物めくあの声を。
死後に残された宝なのだが、あの人はこんなことなど恐らく知らない。
しわがれてはいるが優しく触れる羽のようなあの声が、
手紙の外で突然思い起こされる。

もっと昔の肖像写真では、ヴァランスの視線は先程より捉えやすく、口に言葉はないものの、微かに息をしている

ように見えた。それは五年前の写真で、黒い水兵服を着て草むらの中にいるヴァランスの姿はほとんど子供のようであった。ここでおそらく思い違いをしていたことに気がついた。今まで見ていたのは七年半前の自分自身の姿であり、さっきの詩句をささやきかけていたのは、自分の顔が年を取らないようにしてくれたらしい鏡に向かってだったのだ。

サングルには、愛するとなぜ幸せになるのか、形而上学的な本当の理由が分かり始めた。それはヒトの心臓の右心系と左心系が胎児では二つに分かれているが生後一つになるように、二人の人間が一つになって交感するからではなく、時間錯誤の喜びや、自分自身の過去と話し合う喜びがあるからなのだ（ヴァランスはおそらく自分自身の未来を愛していた。たぶんそれだから、未来をまだ体験しておらず、そのすべてまでは理解できないヴァランスの方が、激しくもためらい気味に愛していたのだ）。時間的に異なる二つの瞬間をただ一つのものとして生きるのは素晴らしいことだ。それだけで永遠の一瞬を生きる、いや永遠には瞬間などないのだから、要は永遠すべてを真に生きることができる。これは並外れたことであって、もしシェイクスピアが生まれ故郷のストラトフォード・オン・エイヴォン[045]に戻ってきて博物館に入り、「五歳の時の自分の頭蓋骨」が今でも展示されているのを見たらきっとびっくりするだろうが、それと同じくらいだ。これは一なる存在である「父」なる神が「子」のうちに二として現れる喜びであり、第一項である「父」が第二項である「子」との関係を知覚することでもたらされるものは、聖霊以外ありえなかった。現在という存在が他者の心の中に自分の過去を所有すると、「自我」と「自我プラスアルファ」を同時に生きることになる。もし過去ないし現在の一瞬が、時間のある一点に一人きりでいるのなら、この「プラスアルファ」を知覚することはできないだろう。「プラスアルファ」とは、単にそれを「知覚する行為」である。この行為は思考する人間にとって、知られる限りもっとも高尚な喜びをもたらすものであり、みんなや俺のような畜生がする性行為とは違うものだ。「いや、俺は畜生じゃないぞ」とサングルは訂正した。

男子同性愛《ウラニスム》とは正確には星が語源である語だが、それよりも兄弟愛《アデルフィスム》という語の方が適切で、医学的な意味合いが少ないだろう。サングルは肉体的な快楽を求めなかったため、友人関係しか結べなかった。ただ、自分の前任である「分身」のうちにおのれの姿を認めるために、自分の身体のようだと思えるほど美しい身体を、魂のようなものとして見いだすことが大切だった。

サングルにはいっさい記憶がないゆえに「自我」の思い出もまったくなかったので、「自我の思い出」に恋こがれ、生きていて目に見える友人が欲しかったのだ。

サングルは「自我」の思い出をおのれの身に実在させようと、薄いひげを剃《そ》ったり、我慢してギリシア式脱毛をしたりしたが、少年っぽくなるのではなくオカマっぽくなってしまいそうなことに気がついた。必要だったのは何よりもヴァランスの未来の姿のままであり続けることであった。二年半という年の差がもうはっきりしなくなり、まるきり双子だと間違えられてしまう残念な時が来るまでは。

サングルはヴァランス以前にも何人かと友情を結んだことがあったが、みんな仲違いしてしまった。顔かたちがヴァランスに似ており、魂が見えてくるまでにはとても時間がかかるせいで結ぶはめになった、間に合わせの友情であったことが、後になって分かった。ある男との友情は二年続いたが、そいつの体つきが馬丁のようで足が扇状に広がっており、そいつの書く文学作品はサングル自身の作品を甘ったるくしたものでしかないことに気づいた時、関係は終わりを迎えた。数カ月後、サングルの作品は元友人の脳の中で、継ぎはぎの思い出とともに輪を描いた。フェンシングが大好きなサングルは、剣先を怖がったり、スピードを楽しめるくらい自転車を漕げなかったりする奴も駄目だと思っていた。

自分のことを詩人だと思って、道すがらスピードを落として「眺望《ちょうぼう》」とやらに見とれる輩は、サングルを苛立《いらだ》たせた。美とは何なのかサングルに説明する時、精神の中で創造的な働きをする下意識部をほとんど信頼していないに違いない。それに書かれたノートを取るなど馬鹿らしいことだ。

もし人間が天才的で、（幾何学図形の線分を延長すると、同じ性質のより大きな図形ができることが分かるが、これと同じように）筋肉が外骨格を、もはや収縮ではなく圧力で推進できる移動道具にしたら、何世紀もかけて進化していちばん力を使う方向へと体を変形させる必要がなくなるので好ましく、骨格を鉱物にして延長させたこの道具は、幾何学でできているからほぼ際限なく改良できるということに気づいていたら、きっとその人は、歯車のあるこの乗物を道なりに漕いですばやく排水しながら、さまざまな色や形を最短時間で摑まえただろう。砕けて混ぜこぜになった食事を精神に出せば、記憶という破壊力のある地下牢を働かせなくて済むし、精神はその分だけ簡単に、消化吸収した後で自分なりの色や形を作り直すことができるからだ。われわれは虚無からものを作り出すことはできないが、混沌からならできるだろう。立体鏡《ステレオスコープ》より映画《シネマトグラフ》の方が好ましいことは、面倒くさくて一度も観に行ったことはなかった[046]けれど、サングルには明らかなように思われた……

こんな風に納得していたからだろう、サングルはヴァランスの顔をもはやまったく思い出さなくなっていた。ヴァランスについて何を調べてもすべて二年半差で対応し続けており、そうでないところなど見つからなかった。サングルが図書館で古い紋章図鑑をめくっていたら、頭文字がアルファベット順で近いので、何ページも離れていないところで、二人の紋章が長調と短調のように重なり合っているほどだった。

サングル（一〇八六年）――

紋章の黒地の上に百合は銀色の十字を散らし、
王の喪服外套の上に花咲く涙をそそぐ。
そこに獅子の金がギザギザに恐れを縫い取る。

ヴァランス（一三〇一年）――

薔薇色の首輪で吠え声は出ないが、座ったまま
金の獅子は信頼して右脚を挙げ、
青空にある、王の印である三輪の
金の花のうちの一輪を摘む。

さしあたってサングルは、自由だった過去を何よりも懐かしんでいた……あの頃は毎日風呂に入るのも、どんな服を着るのも自由で、一日に二回練兵場に行かされることも、時計の前で震えながら帰ることもない自由があった。

二　落ちる

男たちは作業服を身につける。上着を半ズボンの中にねじ込んでベルトを締め、右肩に棒をかついで新しい兵舎の方に走る。武器の訓練をしなくて済むのでサングルは嬉しくなり、中学の体育館に戻ったような気がする。体育館は一年に一度、表彰式のために飾りつけされ、なめらかなトネリコ製で鋼の芯が入った鉄棒は幟《のぼり》で覆われていた。輪っかはぶつかり合ってカチカチ音を立て、空中ブランコの端には銅の留め金がある。踏切台からボクシングの粉を舞わせてジャンプすると、おがくずの中に飲み込まれるのだった。

サングルを含めて分隊の半分が、奥にあるうんていの片側に並ばされた。うんていの間で軍曹が棒に寄りかかりながら、落ちたらかたわになるおそれがあるぞと前置きしていた。そしたら病院に行けるのだから、そんなに困ったことではないのだけれど。曹長が話をさえぎり、体操が始まった。うんていははしごや鉄棒みたいだったので、サングルには楽だった。次に、地上二メートルのところに丸い棒を渡した平均台の方に向かった。高い踏台からこれに登って上を歩けというのだ。サングルのブラシ係もどの農夫たちも、樹の枝の上を走るかのように棒の上を走ったが、驚いたことに、サングルは足元を見るなり脚が震え、練習が嫌になって、いくらも進まないうちに飛び降りてしまった。サングルの言った次の言葉の意味は分からなかったが、伍長はまだからかいはしなかった。

「軍事演習において劣っているとは、ある意味優れていることなんです。本能的に嫌なことをさせられた時に震えるには、脳と神経がなきゃいけませんから」

しかし軍曹が号笛を鳴らしたので、器具を変えて今度は横木の方に向かった。これで空中ブランコや吊り輪体操をしろというのだ。サングルは馬鹿力の要るこうした運動を体得していたけれど、伍長たちは知らないかできないから命令しないことに気がついた。後になって、こんな運動など操典には用意されていないことが分かった。

次に体操用具に登らされた。サングルがすべすべした綱のてっぺんまで登った時、伍長がある男にこうささやいているのがはっきりと聞こえた。

「あいつは丸い平均台でビビっちまったんだから、横木の上を立って渡れと言われたらどうするのやら」

サングルは疲れたふりをして腕をゆるめ、綱から転げ落ちた。すでに何人かの兵士が高い平均台の上に跨がっていた。

第二小隊の分隊は、先程の器具で手足をねじ曲げていた。

曹長が「集合」の号笛を鳴らし、第一小隊の四分隊が横木の下に集められた。サングルは、狭い板から踏み固められた地面へと飛び降りる気を起こさずに渡るのは無理だと分かっていたので、自分はきっと渡らないだろうという自信があった。軍曹が腕を十字に組んで渡りきると、伍長や兵士たちが後に続いた。みんなの姿は空を背景に黒くなったが、その印象が何だったのか、サングルは後になって分かった。横木は高さ五メートル、長さ五メートルで、細かったので片足の前にもう片足を置きながら歩くほかなかった。第一小隊の第一分隊の男たちが渡りきり、サングルの分隊の番になった……

遠くの中庭の方で叫び声がして物音が聞こえたので人が集まり、曹長が出ていった…… 農夫の一人が、綱を登って丸い平均台の上を走っている途中で、棒の端を直角に支えている裏返しの支柱の上に落ちてしまったのだ。足が腫れ上がっているので、折れたのではないかとみんなは話して、その場にいない軍医を呼びに走った。指示を受けていなかったので、サングルは横木のはしごに登らないように気をつけた。彼は「外界」の助けがあると信じていた。軍隊のことはサングルの命令に直接従いはしなかったから、軍隊のことより「外界」の方が彼の外にあるわけではなかった。サングルは下の段に足をかけ、登りたくてたまらないけれど良き軍人として命令を待つ人が取るような姿勢でいた。すると曹長が休止の号笛を鳴らした。

曹長は休止の号笛を鳴らしたが、まだあと**十五分**も体操の時間が残っていた。けが人が出て将校たちが話し合ったため、休止時間は長かった。その後雨とあられが降ってきたので、体操場の倉庫で雨宿りをすることになった。

サングルは話し相手の大尉に言った、

「私は命令を拒否したでしょうから、やっぱり横木の上を渡らなかったと思います。あなたは罰則規定を読ませたでしょうが、私の後の人たちも拒否したと思います」

翌日の日務報告会で次のように読み上げられた。

「前日の雨で器具が滑りやすくなっており、風で転落するおそれがあるゆえ、新しい命令が下されるまでは横木を渡ることを兵士全員に禁じ、違反した者は禁固刑に処す」

サングルは言った、「こういうのは、外界の状況に従うこととして実に素敵だ。ただ、いつまでもこうかどうかは確かめなきゃいけないだろうな」

翌週火曜の体操の日には、サングルは病気と記入してもらった。晴れていたのでみんなは横木の上を渡り、競技場の方に向かった。トラブルはなく、あったのはただ、二重にヘルニアを患っている男が、三メートル半の溝に飛び込むなんてとてもできませんと軍曹に言い張ったところ、毎回休憩中に飛び込んでは這い上がり、また飛び込むのを命じられたことだけだった。

サングルが脱走できる時間は少なくなっていた。日曜に外出する前の金曜にはまた体操させられるし、病気と記入されていたので、休暇許可証はもらえなさそうだったからだ。なので別の手を打った。

三　足のいざり

サングルは軍医の検診を受けに行った——軍務中の特定の命令にはまるっきり従えないと感じていたので、兵役不適格だと見なされるようになるのではないかと、おめでたくも望んでいたのだ。加えて、まだ自由だった最後の頃、性的疲労と筋肉疲労で二倍疲れたおかげで十分悪くなったと思ったインフルエンザが治っておらず、サングルの肺の調子がその頃本当に悪くなっていたからだ。それに合法的に除隊されればいちばん完全に解放されることになるわけだから、列車に乗って脱走するよりもいいだろうと思われた。

検診の時は大目に見てやったが、サングルは民間医であっても医者というものを軽蔑していた。隔世遺伝で受け継がれたものではあったが、こんな経験をしたからだ。叔父がまだ子供だった頃、落馬して腕の骨を折った。医者（有名な先生）が三日目にギプスを開いてどうなったか見たところ、肩まで壊疽にかかっていたために切断せざるをえなくなり、苦しむわが子を見た父親が医者を窓から突き落とした。また母親も、デブレ氏[047]のような有名なヤブ医者から、死ぬかもしれませんという診断を下されたせいで暗示にかかり、予言者気取りの馬鹿者の言いつけに従ったばかりに、大した病気ではなかったのにある日に死んだ。いずれにせよ、科学とは数学上の点や、点からなる体系といったような同一単位でしか成り立たないものなのに、医学はとんでもないことに多種多様な人間を扱うときている。知識人を診られるわけがない。知識人の体内構造は精神構造と同じく、おそらく人によってさまざまだからだ。彼らの心臓が耳たぶから吊《つ》り下がっていないのなら右にあり、左にあるとしたら慎みからそうしているのだ。

……ビュナゴ軍医はサングルの修辞学の先生にそっくりの、金髪で陽気な男だった。「同じ重さに違う秤《ダブルスタンダード》を使う」ほど馬鹿ではなかったが、頑固者に見えないようにしていただけだった。死にかけの馬鹿者たちに四日間つきっきりだったため検診に行けなくなりそうだったが、パリから来ている男たちをいつも通り町に解放してくれるのだ。パリの男が病気になるなんて信じられないというわけで、寛大なことにそいつらを人のいいサボり扱いにする。

検診に来た最初の男は右手を出して、萎《しな》びた中指をじっと突き立てた。ビュナゴは早口で言った、「除隊願を出したんですな。なるほど。その指を切ってもらいたいってわけですか。さあ、指はとっておいて軍務をこなすんですな」

次の男はこう言った、「軍医さん、私がブデールです。脚の長さが左右で七センチ違いまして……」

ビュナゴは「知っとるよ。毎朝俺をうんざりさせに来るつもりかね。こいつに吐剤を出してやってください」

サングルを診た時の軍医は愛想がよくて、こんなことを呟《つぶや》いた、

「あなたの言い訳は何ですか……　ねえ君、この連隊には規定の身長に満たない奴がいるんですよ。満たないどころじゃない、せむしなんです。こぶの上に背嚢を背負って中隊の最後尾にいるのを見ることがあるかもしれません。このびっこが訴えることに耳を貸しちゃいけないんです。審査会が兵役合格だと判断したんでね。右目が見えない奴もいるんですけど、そいつには左肩で武器を担いでろと言っときました。あとはつんぼもいるし白痴もいる……けどみんな兵役をこなしてます。あなたはどうやって解放してもらいたいんですか。適当な口実をつけて一日休暇を出して

あげましょう。町に出かけてからまたいらっしゃい——すぐは駄目です！——すごく疲れたと思ったらですよ……」

サングルは中世の「奇蹟小路」[048]にいるような気がしていた。白痴、つんぼ、片目、麻痺《まひ》患者、びっこ、せむし、小人、そんな奴らが、軍全体が詰まった背嚢を女像柱のように背負わされ、懲治隊で銃剣試技の的になる拷問《ごうもん》を受けて身もだえているのだ。その向かいの士官候補生班はもっと醜く、水頭症のツラから号令まがいの言葉や知性の残りかすを吐き出し、革ひもという、整形外科用ではない包帯を巻かれた耕作馬たちの、かたわの手足に浴びせていた。

人民が軍隊で命を落とそうが、人民にとっては魂として役立つ悪霊が、取りついていた奴隷の体から出て豚の体の中に入ろうが[049]、サングルにはどうでもよかった。だが首切り刑に処される九人の盗人の中に含まれてしまった年寄りの床屋[050]のように、脳が切除された奴らや体が醜くなった奴らの中に自分が含まれてしまうのはまっぴらだった。

ローマ執政官《コンスル・ロマヌス》！　クインシー[051]が大好きだった言葉だ。長衣をまとった緋色の脳だ！　ヴァランスがローマ皇帝の長衣をまとって立つ姿は変わらず美しい。巻毛が夜行性の蛇のようにぜんまいを伸ばしている。ケピ帽を泥の上に投げ出すと、顔がほのかな金色に輝いており、電光を発する太陽か丸い雷のようだ。

アンティノウス[052]の彫像を触るように、サングルとヴァランスは素手で取っくみ合った。サングルは英雄の影からくる衝撃に耐えたので、テコとするに十分なヴァランスの巻毛を、二人の洞窟がある岩山の下にさし込み、盗賊たちを皆殺しにする[053]密かな心づもりをしていた。

四　銃痕

盗賊たちの一人が負けて逃げ始める。ブデールが薬莢の包みの一つを解き、軍でよくある自殺をやらかしたのだ。そいつの小さな足は靴を履いていなかった。サングルは大喜びして見に行く。

ブデールの分隊仲間のノゾコムという医学生がけが人を運び込む。ビュナゴがぺらぺら喋る、「手の施しようがない。弾を取り出せんのだ。腹部に穴が空いて、肝臓がはみ出ている。くたばらせておくしかありませんな」

ビュナゴより資格を持っているノゾコムが日務報告を担当して述べた、

「われわれは検死を行い、ビュナゴ二等軍医の診断が正しいことを確認いたしました。ただし以下の相違点がありま す。

銃弾は傷の中に残ったのではなく天井の梁に刺さっており、あまり深くは刺さっていなかったのではっきりと見えました。

銃弾は腹部に貫入したのではなく、横隔膜の上部、左第六肋骨の間に貫入し、右肩甲骨を貫通して体外に出ました。心臓にも心膜にも損傷はなく、銃弾は先端をかすめただけで右肺を貫通しました。

傷口の外に端が出ていた赤茶色の臓器は肝臓ではなく（周知の通り肝臓は横隔膜の上にはありません）、肝変を起こした肺組織であります。
けがはあまり重傷ではなかったので、患者に包帯するだけで治ったでありましょう。

インターン、現在第何戦列二等兵
ノゾコム」

五　粘液を浴びる

「軍曹、どうして兵士たちを作業着のままにしておくんですか。大尉はコートだと言いましたよ」

「しかし曹長殿、他の中隊が……」

「どうでもよろしい！　あなたは他の中隊を担当している軍曹ではないでしょう。さあ、コートを着るように言いなさい」

　ノゾコムは言う、「しめた、つや出ししなくて済むぞ」

　そんなノゾコムにサングルは言う、「面倒臭いよ、ドアから冷気が入ってくるのに、何回も服を脱ぐなんて」

「そうか、君は病気で行かなくていいからツイてるな」

　点呼がかかる。

「全員そろっているか」とパピーユが言う。

「曹長殿、サングルが病気のためおりません」

「降りてくるように言いに行きなさい」

「演習免除になっています」

「風呂は演習じゃない。服を着て来させなさい」

みんなは雨氷の張った中庭で医務室のシャワーを前にして、一時ちょうどに他の中隊が演習を終えるのを待った。終わりが遅れているので、服を少なくともシャツまであらかじめ脱いでおくように軍曹から命じられた。次いでみんなは頭から水をかけられた。体をめったに洗わない上によく洗わない男たち、階級からしてとりわけ伍長たちが水浴びした後なので、足を入れたたらいはそいつらから出た沈殿物でぬるぬるしていた。

中庭で震えながらサングルが窓越しに垣間見たのは、病人たちがチェッカーゲームやトランプをしたり、上巻だけの小説とかトゥール[054]の大司教殿下の出版許可とかいった、ごたまぜの本を読んだりしている姿だった。戸口まで来た病人が言うには、自分は入隊してからほぼ切れ目なくここにいるのだが、それはいつも淋病にかかっていて、毎回の築堤作業の後、いつも慣例に従って一カ月の外出禁止が命じられるからだ。つまらん町に行かされるよりも、みんなから離れて医務室に戻り、手荒い軍医にお願いして患部を焼灼《しょうしゃく》される方がマシだからな、ということだった。毎週土曜は、中隊が雪の中を行進するのを窓から眺めて気晴らししているのだそうだ。

汚い水で黒ずみ、冷たい風で赤くなったサングルは、コルネイユ兵舎の方へとまた降りていった。病気なのに演習を命じられて外に出されたついでに、他の病人と同じく外出禁止が言い渡されてはいたものの、今度は自分のためにさらに町に出て、ちょっと風呂に入ってまず身を清めようと思ったのだ。

六　ローマ執政官《コンスル・ロマヌス》

サングルの囚人用ベッドが泳ぎ溺れる《ナゴワイエ》溝に押し流され、野原の橋の小アーチに飲み込まれると、彼はヴァランスと一緒に金色の道を歩いていた。

道は近くの水車の巻機の方へと長く伸びていた。次に見えるエニシダの並木は植物の炭のようで、ぱっくりと開いたムール貝を煮て燃え尽きたようであった。それは煙と、銀山にある黒っぽい建物であった。

思い出されるのは黄色いものばかりであった。それは花と太陽で、これらは植虫類[055]が触られた時のように、地の洞窟の中に生命を持ち帰ってしまったに違いない。

二人は階段を転げ落ちるかのように、あるいは滝が二股に分かれ、二人の人間となって歩いて石を跨ぐかのように降りていった。そこは地下の共同浴場で、水は淡水だったが海に近いので、水底に蟹や沼の虫がいてチクチクした。二人は水に浸かった。

小さな町の主任司祭によって作られた浴場は、花崗岩でできた丸い聖水盤か、ほとりにイグサが生えていて寄生生物が触覚を伸ばしているようだったので、海に棲む貝を思わせた。あるいは教会の下で墳墓として使われる、屋根に覆われた池のようであった。

ヴァランスは泳いでいって、浅い池のまん中に立った。ひげがなく金色に輝くその姿は小立像のようであった。髪は熱い湯気にうがたれた穴と同じで、鉱石がそれに似ようとしていた。黒ダイヤにかんなをかけられるのなら、おがくずを髪にふりかけていただろう。

祝宴が終わると銀色の骸骨が運ばれてくるのと同じように、ヴァランスが身をかがめると、引き締まった筋肉の間から、背中が九個の優美な椎骨を見せてほほ笑んだ。かなり褐色の金の胸が平らな水面をそっと打ち、腰は横からだとより茶色に見えた。そんな体は牧神のようだが、人と獣の中間というわけではなく、金属と呼ぶにふさわしいほど筋骨隆々とした青年の牧神だ。ほっそりした二つの足を広げると、二匹の真珠色の魚がまちまちの方向に逃げていくようであった。サングルは爪越しに水を見た。

恩恵を施してくれるこの貯水池を作った、教会の墓掘り人にして水の精《オンダン》[056]が、二人と一緒に潜った。とても長い間潜っていたので、まるで自分の作った池をもっと深く掘り進めようとするかのようであった。年老いた子供が息を吐くと泡ができた。いろいろな身振りに合わせて口から息を吐き、水底の泥の近くで話すと、言葉がゆらゆらと浮かび上がってぱちぱちと弾けた。まさにパンタグリュエルが溶かした、北極海の青色や赤色の言葉[057]のようであった。彼はブルターニュ人の頬をこわばらせ、抽象化された言葉をあえぎながら言った、

「バライイェレス」[058]あくびをすると泡は立ち昇らなかったが、できた小さなさざ波の中に閉じ込められた。「ストレフィアデュル……ユアナト……アラン」

彼は水中で遊びながら、くしゃみをし、ため息をつき、息を吸った。サングルとヴァランスは服を着直して貯水池のほとりに座り、手を膝の上で組み、足でイグサを揺り動かしながら、波を立てて逃げ去る姿を、目に見える言葉を

目印にして追った。

「ドミヌス・ウォービスクム《神ハ皆トトモニ》……」[059]という言葉で大きな泡が立ち、二人の子供の前で陽気にはじけた。

聖職者は服を着た姿で、貯水池の反対側の端にある岩陰にまた現れたが、黒い帽子をかぶると、湯気でできたお香の中に忍び込んで消えていった。鉱山から出た銀の色をした白鳥が、硫黄の蒸気で褐色にくすんでいくようであった。

七　雄鶏の歌

兵隊さん、起きろ。
兵隊さん、起きろ、
　すぐ起きろ。
起きたくないなら
病気と記入してもらえ……
兵隊さん、起きろ……

最後のラッパで、サングルはレーテー[060]の貯水池から追い出された。死者たちは、身体組織が溶けて原初の石の魂にまで戻っていく間、思い出を辿りながらめいめいの時間を――というよりも「時間」なるものを――過ごしており、「来世」の昼が始まる時に目覚めさせられる（夜間の忘却とは何よりももう一つの思い出であるわけだから）のは、死者たちにとってひどく不愉快なことではないだろうか。昼には大層つらい仕事をさせられるのなら、なおさらだ。
　ヴァランスの思い出は鉱山の共同浴場の中にとどまっていた。おのれの過去に切れ目が入り、そこから別れてしまった人が振り向いたら、列車の車輪で縦にまっ二つにされているので、赤い傷口がぱっくりと開いているのが見えて怖ろしいだろう。あお向けで横たわっている方がいい。死んでも少なくとも雪は執政官が身につける深紅になるわけだし、日中に着させられる制服から解放されて裸で死ねるから。

起きたくないなら……

だがサングルはちっとも横たわってはおらず、見張りから戻って哨所に座った。二時だ。起きないといけない。少なくとも彼は椅子から立たないといけない。夜間の警戒と演習があるので、軍曹を起こし、将校の部屋のベルを鳴らしに伝令兵を行かせるように命じられているのだ。

サングルは顎ひもをかけ、弾薬盒をたくさん下げて革ひもをつけるという、大げさなほど軍隊式の格好をして、部屋から部屋へと走り回る。「誰々軍曹、起床！」と言って軍曹たちを突き飛ばし、転げ落ちるのを見下ろしてから、ぶつくさ言う声が漏れる部屋を通って中庭に向かう。

ざわめき光る人々の群れはひどく不機嫌で気難しげな様子で、抑揚のあるぎこちない声を上げながら、牛のひづめと首につけた鈴を引きずった。まるでバイソンがしっぽに鍋をつけ、自分の後ろでガラガラとおごそかに鳴らしているかのようであった。

そんな一群が、入市税納入所のような柵を通って町の方へと出ていった。

全連隊が出払ってしまった。お飾り全部が服を脱いだわけだ。

第三の書　青緑色《シアン》の夢

彼らは毒を飲んでも
決して害を受けない。

「福音書」061より

一 おお、公正、精妙な[062]

サングルは昔、友達を見舞いに病院に行ったことがあった。そこでは白い砂丘が波打っていた——中央の机にある防水綿が詰まった壺を、逆にしたオペラグラスで見ても同じ眺めであっただろう。病人たちの青白い顔の輪郭はそんな白い色でぼやけており、目を引く色といったら創設者の銅像を覆う緑青だけだった。

寝返りを打つ人の膝で海は荒れていた。

ベッドの端にラベルが貼られて安静にしているところを見ると、マッシュルームの地下栽培所がずっと前から放ったらかしにされているようであった。

病人たちは自分の汗だけで体を洗うので、とても不潔なことは分かったが、雲が月を隠すように、ヨードホルム[063]が悪臭を隠していた。

そこは切断手術を受けて脚がなくなった人たちの部屋だった。妙なことに、どんな病人も切断手術を受けた人に似ていた。みんな顔に血の気がなく、血は、実際のであれ想像上のであれ脚の方に行っており、シーツは実際の脚なら包帯になり、想像上の脚なら目隠しになっていた。

すると**一時**になった。この頃になると、朝に手術を受けた人がクロロホルムから目を覚まし、恐ろしい蒸気船が鳴らす汽笛さながらの、轟《とどろ》くような叫び声が大きくなるのだ。

サングルは泡の山の間、奴らを殺してくれと頼んでくるいきり立った人々という航跡を引いて部屋を出た。だがシンドバードは海の地下牢で、脚を切断した人たちを彼ら自身の脚の骨で殴りつけた[064]わけではなかった。

陸軍病院は、軍服姿の人がごくわずかしかいないので、軍の建物のうちではいちばん陽気なところだ。

看護士は民間人で——救済院が軍民共用の時は、だが——、ここに来る軍医たちも遠慮して——何人かは、だが——医者としてやって来る。

シスターと医者は少し白の混ざる黒い暮らしを送り、患者は灰色の暮らしを細々と送っていた。

サングルに開かれた病院は、阿片窟の香りの中で跨がる灰色ぶちの馬でいっぱいだった。

看護伍長は冒頭の窓口の前で回れ右をして、全軍隊を持ち帰った。

二　ピタゴラス

サングルは、黄色い袖章のついた軍服でしかない医務室の制服を脱ぎ、血のようなおかしなその色を灰色のサンダラック樹脂[065]で乾かした。

彼に気を留める者は誰もおらず、横になっても新しく患者が入院したのだなと思われただけだった。

民間の看護士が体温計を渡してくれた。とても太い管にとても細い水銀溜めがついた、病院用の美しい最高体温計で、水銀は一度上がると降りてこないやつだ。そこでサングルはノゾコムがやってみたことを思い出した。あお向けになり、体温計を逆にして左脇に挟むと、普通と違って水銀溜めの水銀ではなくて管の方が温められて膨張し、水銀が毛細管の底近くまで跳ね上がった。理屈に合わないことを大衆に見せるのは危ないと分かってはいたが、体温計を引き上げ、八分後に看護士がやって来た。

「四〇・三ですね」と言う。ありえないほど上手くいったインチキを見せて心配になったサングルは、間違いましたと叫ばずにはいられなかった。別の看護士が窓の光にかざして見て、

「合ってますよ。四〇度三分です」と言う。

サングルが数値を伝えると、見ているうちにシスターたちがすぐさままわりに集まってきて祈りを捧げ、看護士は、死亡した場合でも軍医が満足するように、観血的吸角[066]を行う必要があるかどうかを聞いていた。サングルは持って

きていたカフェインを、気を失うまで飲み干した。すると鼓動が本当に早まり、診察しに来たノゾコムは、彼の目がガラス張りになっていることに気がついた。

サングルには、向かいの窓がすぐ近くにあるように思われた……

三　紺青が背嚢を解く

サングルの目から二メートル先にあるガラス張りの景色は、無尾類[067]の隆起した目に合わせて作った丸メガネか、乗合馬車を牽く馬の前でランタンの灯りに追われて蛾《が》のように飛ぶ、大きな平たい影のようであった。次いでさまざまな光が四枚の窓ガラスにトントンとぶつかると、区切りと色のついた人影が横になった。全部のベッドからなる白いスクリーンの上、平行に並んだベッドの骨組みという緑色の網の上に、木のおもちゃの兵隊が落ちてきたかのように、一人の兵士が横たわっている姿が、着ている軍服とともにはっきりと見えてきたのだ。頭皮を剝がされた頭と毛羽立った軍靴が波になってうねり、その色はとても白かったり黒かったりしたので、幻覚を見ている人にはずっと残る思い出となった。船の右舷《げん》と左舷で緑と赤の明かりが灯るように、上着の青色と半ズボンの赤色という、塩基と酸で濃く染まった二つの色が、横たわった体を締める剣帯で縦に区切られて、対になって光っていた。

青色と赤色の服を着たその人は体を震わせ、斜めに吹きつける突風で荒れる水平線のようになった。体は緑色のベッドという焼き網の上で焼け続けている。すると網で焼かれているならよくあることだが、上半身と腹が突然すさまじく膨れあがり、体がひきつった。青い腕と赤い脚が、三日月の端がそり返るようにつき上がり、膨れた手指と急に裸足になった足指が枝分かれして絡まり合った。映像は人の形をとどめなくなり、整然とした形に変わった。

最初、赤色と青色は入り乱れて町の紋章のように見えていたが、しだいに、難解な意味を表す解剖図のようになった。熱に浮かされた人が物をしげしげと見るようにサングルが調べると、大きな紙に描かれた血液循環図か、動脈と静脈からなる左右の心系を挟んだ大きなプレパラートが検査用の紋章の色を掲げており、心臓の葉が左右対称にカーブした先では、静脈と動脈を流れる血と空が混ざり合い、まるで二匹のタコが触手を絡め合うようであった。風景の奥の方で、黄色や緑色の麦畑という歯の前を通る人がギザギザにかじられるように、二つの光る色は黒い剣帯の区切りをはみ出して、頭蓋骨の縫合線のようにかみ合った。するとすべてはめちゃくちゃに混ざり合い、紫からすぐに青くなり、最後には黒くなった。

サングルの心臓はどきどきと早鐘を打っていたが、カフェインがすべて吸収されたので、朝に時計で目覚めるように彼はこの夢から覚めた。

続いて夢に現れたのはまたしても解剖された心臓で、それは腹足類[068]の心臓を切り出したものであった。長い血管の途中にくっついているさまは注射器のゴム球のようであった。またエジプトのワニの心臓は、ワニが最期に下顎をわななかせて死んだ後でもさまよっているのに、防腐処理を施されてガラスびんの中に収まっていた。サングルはとても美しいワニを見た。色は普通のワニと同じく青緑がかった灰色だが、鉤爪は青緑色《シアン》で、先程の夢で見た軍隊式の青色に染まっており、脚の上部は青い水腫ででこぼこに膨れ、上まぶたも性器も青かった。夢の中では知識がすぐに浮かぶから、この見事な紺青色は、心室が一つしかない生物に固有の色であることが分かった。

個体発生を思い出したサングルは、膨らんだ簗《やな》のようなガラスびんの中に座っている何体かの胎児を見た。透明な胸の中には図式的な心臓がある。生後二週未満で死んだ新生児の心臓では、胎児の心臓と同じく、二つの心房が卵円孔[069]によってしっかりと通じている。胎児たちは溶解作用のあるアルコールに浸かっていたけれど、その指先や性器や上まぶたには眉墨のように青っぽい影がかかっていたのが思い出された。

カフェインを摂ったサングルの舌は白くなって微かな音を立て、先日降った雪が積もる道のようになった。

自分の心臓のところに手を当てるとゴロゴロという音が聞き取れた。汗ばんだ胸に当てた手は冷たく、指に血の気がなかった。すると次の夢では、彼は雪景色の中で、自分の青い指先に息を吹きかけていた。

サングルは月明かりに照らされながら雪原をさまよった。ノゾコムの家に身を寄せ、火が消えて埃にまみれた暖炉の前の、マルシュアス[070]を象《かたど》った大きな彫像の足元に辿り着いた。気狂いじみたノゾコムが、ブクブクと泡が立ちキラキラと酸性の蒸気が光る、錬金術的な形をしたガラスの貯金箱に、洋銀の小銭を入れていた。赤い蒸気の中では、三脚架の下に置かれた小さなランプが緑の炎を上げていた。るつぼの中では白い多面体のものが冷えていた。サングルが絶望して自殺の方へと歩いていくと、融解硝酸銀は、砂糖を食べるように硝酸銀の結晶を吸収するのだった。黒い太陽の光が空のまわりに広がるように、青緑色《シアン》が胃から表皮に広がり、紋章に使われる紺青色がサングルの冷たい手足にはっきりと現れた。彼は上まぶた内側に塗ったおしろいを、自分の青い性器に映して見た。

サングルは無機物の祖先を吸収したことで、心室が一つしかなかった祖父に近くなった。少なくとも他人から見える特徴としてはそうなった。体温計の数値を聞いて目がガラス張りになり、青緑色《シアン》の服を着て屍体《したい》のような見た目になったサングルは、母の乳房の方へと後戻りしているのだと信じ込んだ。二つに分かれていた彼の心臓は、心房が一つに合わさって怪物のようになり、一様に青くなった血が体のすみずみを満たし始めるのだった。

四　夜盲症[071]患者

サングルは「病後休暇として」二週間パリに行く休暇許可証を手に入れた。彼はまた青と赤の軍服を着た兵士になり、町のあちこちを通りながら駅の方に向かった。

途中ですれ違った将校たちに挨拶するのを忘れたが、誰もサングルのことを覚えていなかった。とはいえ軍隊式の馬鹿丁寧な挨拶をするつもりはあることを自分に示すため、次の奴らに向かって六歩進んで六歩下がり、規定通りの挙手をした。

二人の郵便配達員に。

七人の高校生に。

一人の集金係に。

一人の乗合馬車の顧客係に。この男は仕事の礼装で公園を散歩していた。公園では何人かの自転車乗りも植え込みに自転車を立てかけたままぶらついていたので、サングルは当然ながら乗合馬車の車庫を探した。

自転車乗りのうちの一人に挨拶した。その人が左袖に、小さな恐ろしいクラブバッジをぐにゃぐにゃにしてつけていたからだ。

大聖堂の中に入り、警護員の消息を尋ね、ひざまづいて彼に敬意を表した。道なりに進む間に、次のものに対してへりくだった。

洗濯場に立っている亜鉛製の旗に。

雑貨店の看板についている操り人形に。

名札をつけていたので何人かの使いっ走りに。

おそらく下士官だと思われたので皿洗いに。ただそいつの階級章は、兵士の雑役服そっくりの仕事服で隠れていたが。


夜になって挨拶があまり名誉に関わらなくなったので、サングルは駅の可搬式信号灯の方に近づいた。

大通りで兵士の一団と出会ったが、みんな妙な身振りをして体をよじらせていた。無限記号∞を描きながら水撒きするかのように、酔っ払いがあっちの小川から出てはこっちの小川に落ちたりしながら、屈折の法則にきっちりと従ってジグザグによろめいていたわけではなかった。その兵士たちは壁沿いを手探りで進みながら、通りすがりの人に誰かれ構わず痛そうにぶつかったり、歩道の穴に落ちたりしていたのだ。ブリューゲル[072]が描いた、互いに導き合いながら穴に向かってしまう盲人たちが軍服を着ているようであった。

サングルは聞こえてきた言葉の端々から復元して、彼らがこう嘆いているのだと考えた、

「病院はきっと見つからねぇよ。これで町を三周したぞ。病院は崩れ落ちちまったんだ。去年も軍医がうっかりして工兵隊に言い忘れたから、夕方往診に行ったら壁しか残ってなかった。チフス患者の上に屋根が崩れてきたってんで、

産院の廊下に避難させたんだ。そしたら病気が治った患者がいたんだ、本当だぜ。だからこの町じゃ軍医がうっかり者なせいで毎年病院が崩れ落ちるってわけなんだろうか」

そして兵士たちは四周目を回りに、また手探りで進むのだった。

兵士たちがどうして幻覚を見るようになったのか、名簿を見て分かった。高台にある近くの小さな駐留地では、標高のせいで夜になると目が見えなくなる患者が多発していた。そこに朝の往診で来た軍医は、この患者たちを緊急病院に追いやることにしたので、彼らが隊列を作るのを待ってから、夕食後に案内人をつけずに送り出した。患者たちが病院のある町に着いたのは日暮れ頃だったので、黒内障の目には人工灯がまったく見えず、哀れな患者たちはまっ暗な中をよろめくことになったというわけだ。みんなこんなことには慣れっこだった。だからサングルが軍隊式の礼儀を欠いていても、将校たちは腹を立てなかったのだ。

大衆という夜盲症患者、すなわち既知の光でしかものを見ることができない人たちが、この章を読んで分かってほしいことは、他の人はこの患者を病的な例外と見なし、患者には星が見えない夜の赤経や赤緯[073]を計算できるということだ。また大衆は、この書の内容が自分たちの偶像に対して無礼であると思うかもしれないが、許して頂きたい。というのも、結局のところ著者はこう言いたいからだ。軍医がうっかりしたせいで陸軍病院が崩れ落ちるなど日常的に起こることではないし、起こるとしてもごく稀《まれ》だ。こういう事故が何年か前に起きたかもしれないが、特殊なケースだ。本当に起こったことではあるけれど（一八八九年夏の新聞をご覧頂きたい）、手加減してただの幻覚として書くにとどめたのだ、と……

サングルは福音書の言葉が気になったので、穴[074]やショーウィンドーのガラスはないか調べて、一時的に目くらになったこの男たちが中に転げ落ちるようにしようと思ったが、列車に乗り遅れるといけないので、男たちにこう言うだけにしておいた、

「俺は将軍であるぞ。軍隊式態度を取るようにせよ」

五　……僕の灰色の子馬に乗って

サングルが部屋に戻ると、ヴァンシュエ中尉から次のような散文と、これを雑誌「イオデュル・ド・ナヴァル《ナヴァラのヨウ化物》」に載せてほしいとお願いする手紙が届いていた。

龍涎香《りゅうぜんこう》

「わが妹キューモドケー[075]よ、私を閉じ込めたまままさまよう島を、ポセイドン[076]が三叉の矛で止めようとしないので、このパピルスを壺に入れて封をしてお前に送ります。いつも通り亀たちを喜ばせにやって来るオジロワシによって、壺は運び出されることでしょう。亀は暗いガラスの囲いの中に私と一緒に閉じ込められたまま、七倍も暑い太陽の下で卵を産んで孵《かえ》しています。

妹よ、お前は私のことを忘れてしまったのかしら、私たちが抱き合っているところをわれらが父ネーレウス[077]が取り押さえたあの日から。私たちはあの時求め合っているところでしたね、海の紫色の乳房を黒船でかき分け（すると傷口の両縁は翼のように震える）、帆を満たす乳を硬いマストに吊るし、種子をあおぐ箕のようなシャベルを使って海の溝に種をまく、そんな男たちだけが私たちに与えることのできるものを。私たちは海を流れるそよ風で繋がっていただけだったのに、まるで川真珠貝の螺旋《らせん》状の殻から魂を引き抜くように、父は私たちを三又の矛で離れ離れにするぞと言ってまず脅かしてから、お前を深淵に投げ込み、私の方にはこの新しい島を湧き出させたのでした。島は網のように私をオケアノス[078]河の水面へと連れていきました。ガラスの壁が張り出たこの島は絶えず動いて、スキュラとカリュブディス[079]よりも危ない渦を作るのです。お前は怪物じみた抹香鯨《まっこうくじら》たちと愛し合った後、仲介料として鯨が海に置いていく宝石である龍涎香の塊を、オケアノス河の底にまた拾い集めに行くのかしら。龍涎香は水面を漂って日光を絶えず吸い込み、灰色の灰そっくりになるから、金よりも貴重なの。私たちが青緑色の手で捕まえると硫黄のようにうなりを上げ、嵐の日になると一万本もの火花を飛び散らせて、燃えることなく光るのよ。

　父ネーレウスの怒りは永遠に続くから、私はもう父にも、キューモドケーよお前にも、二度と会えないでしょう。私は海の形から発するざわめきを、海の動かない口である貝殻に入れて持ってきたけれど、海の様子は変わってしまい、低い呟き声で私に話しかけはもうしないことが分かります。というのも海は淫らなガラスでできた島のまわりを、波を立てずに滑るからで、島は熟練した陶芸家が手で回す壺のように回転しながら、少しずつ前に進むのです。島は太陽の反映なので、太陽は島が回るのと同じく私たちの上空で回りながら、ヘラクレスの柱[080]のある西の波間へとゆっくりと向かっていきます。

　島は回りながら西の波間へとゆっくりと向かっていくのですが、水先案内人は要りません。海がしなやかなおかげで、暗礁や『散種諸島』[081]と呼ばれる島の種子にぶつからないからです。

今夜、三本の角のあるポイベー[082]は起きました。ただ壁が高くて私には見えませんでした。見えない海の中に長い光線がまっ直ぐに差し込み、微かな光が島のへりに上がってきました。軽やかなダンスを踊りながら噴火口のまわりを回るように、ヘカテー[083]の巫女たちが、ある者は裸で、ある者はゆったりした服を着た姿で、円形の海によって与えられた回転とは逆方向に、壁のまわりを三周回るのが見えました。穴の開いた空の下で島がひととき止まると、赤い光が島のへりから立ち昇りました。すると遠くのオベリスク灯台[084]の上で、もっと赤い光がこれに応えたのです。きっとこのオベリスク灯台が私たちの進みを止めたのでしょう。身振りをするというか命令を下す形をしているからです。灯台を見て、私は男たちの船のマストを思い出します。海の口である貝殻を見て、船の楕円形《だえんけい》の竜骨が『笑い女』の紫色の腹につけた印の痕を思い出すように。

これを見た私はポイベーに向かって犬のように叫び、島中を走ってさまよったあげく、ミクロメガス[085]の墓に辿り着きました。

この巨人は頭をおおぐま座の下にして鉄の棺に納められ、島の端から端まで横たわっています。島全体とともに巨人は西へゆっくりと進み、天の極と十字に交わります。巨人は島ごと私をヘラクラスの二本の柱の方へと運んでいきます。この大きな死体が小さな島に横たわったままなのを見るのは驚くべきことだ、と巨人について、そして巨人の上にイオニア文字[086]で書かれているこの死んだ巨人が、私は好きなのです。

私はミクロメガスを生き返らせることも、壁のまわりで毎夜繰り広げられる処女たちの輪舞に加わることもできませんでした。

毎晩私はガラスの壁に向かって裸で立ち、自分の鏡像が液体の海の中で立ち上がって私にくっつくのを見つめます。壁にはこう書かれています。ガラスの壁越しにおのれの『分身』に熱い口づけをする人のため、ガラスの一か所が動き出して性器となり、その人と鏡像は壁越しに愛し合う。それが神々の意志によるのであれ、はたまたガラスの反対側で波のうねりや島の秤動に揺られながら動く、生者に似た機械を作った巧みな人のしわざであれ、と。

雲は一日中雨を降らせ、降った雨は島を通って地下から海に流れ込みます。島は西の波間へとまた進み始めたので、太陽はヘラクレスの二本の柱の後ろに隠れて見えませんが、虹が二つの離れた柱頭で両端を支えられているのが見えます。

私たちはセイレン[087]のような声で、虹の下を小舟で通る者は性別を変えると歌っていましたね。だから私は今晩、ガラスの壁の方にまた戻ることにします」

海のオニグモが青緑色の足糸という髪でぶら下がるように、キューモドケーはヘラクレスの二本の柱の間にぶら下がり、暗いガラスでできた動く島が進んでいくのを見送る。奥の方で白い人影がほのかに光り、海の反対側では島の鏡の合金に爪が当たって軋む。次いで白い星が一つ光ると、壁のガラスはギザギザから流れる血を浴びて白い人影が見えるようになり、その腹から紫色の爪まで血で覆われる。

海水はしゅうしゅうと音を立てながら傷口から入り、島という壺を満たす。すでに二本の柱を越えていた島は後ろに傾く。水と空気が混ざり合って抹香鯨の噴気孔に似た穴から噴き出し、じゅうじゅうと音を立てている虹まで舞い上がる。

　そこでキューモドケーは水の上を漂いながら、鯨の精子が入った香炉に似た、白と紫の物体を拾い集めるのだ」

「将校の散文だな」とサングルは言って、原稿を暖炉に投げ込んだ。冬ではなかったのでマッチが必要だった。

第四の書　ドリカルプの書

「では、お前がわしに聞かせたい物語が
どんなものか見てみよう」

『ドン・キホーテ』[088]より

一　簡単なゲーム

軍法会議だ。サングルは口ひげを剃って独房から降り、正規の軍用コートの上ポケットの中で、洗ったけれどまだ青い手袋をはめた手でリボルバーを握りしめる。囚人は右腕を黒い袖という鞘で覆っている。他にも多くの囚人たちがおり、口ひげを剃って黒い袖を身につけている。二色等分の服を着ているところは昔の小学生みたいだ。

軍隊式の手続きが執り行われ、手続き上の弁論がなされた末に、アフリカ行きか苦役の刑か、無謀にも脱走した者には兵役延長の刑が課される。

サングルは自由だった頃、号令を受けて、射撃ピストルで的に七発当てたものだった。苦手なのは軍で使うルベル式連発銃だけだった。一人、二人、三人、四人、五人、人形撃ちゲームでは勲章の箔を五枚手に入れた。服をいちばん勲章で飾っている五人が車から吹っ飛んだ。六人。三面記事によくある話とは違い、サングルは自分に何も残さなかった。先程のお香が漂う中、中間にある大衆を、締まりのない音を立てて撃ち倒す。

煙が消えると、先程と変わらず終夜灯が揺れており、自分の体を汚したサングルは腹と胸をハンカチで拭う。

二　パタフィジック[089]

サングルは、小さな物体の外観に影響を及ぼせることが試してみて分かったので、世界はおそらく自分の意のままなのだと結論づける権利があると思っていた。無限の向こう側というものはないので、たぶん運動はデカルト[090]によれば輪になって伝わるから（天体は楕円か、少なくとも楕円形の幅の短い螺旋を描くこと、砂漠ではまっ直ぐ進んでいるつもりでも左の方に進んでしまうこと、また彗星は多くないことは証明済みだ）、蝿が羽ばたくと「世界の裏側にこぶができる」[091]というのは本当ではないかもしれないが、小さな運動ははるかに大きな移動となって外部に広がり、逆に世界が崩壊しても、それに気がつくように葦《あし》を動かせないのは明らかだ。というのも前述の葦は、周囲が退避するのでは決してなくて撤退するのに押しやられても自分の縦列や横列にとどまり、思考のさまざまな形しだいで取る自分と周囲の関係は変わらないことを確かめるからだ。

ノゾコムは球の下に一本の藁《わら》を繭《まゆ》の絹糸で水平に吊り下げ、中に含まれる空気は体温を近づけても秤動を起こすほどは動かないことを確かめていた。数メートルの距離からサングルが視線を少し伸ばすだけで、藁を傾かせられた。

ある日サングルはバーで、セヴェリュス・アルトメンシュを相手に、先に十五点取るサイコロ遊びをしたことがあった。サングルは5・5・5の目を三回出した。筒の中で回っているありそうもない数字がサングルには見えたので、不透明な賽筒からサイコロを出す前に、その数字をセヴェリュスに喜んで教えてやった。次に筒を振った時、アブサンとカクテルですでに少し酔っていたサングルが出した目は、５・４そして……　セヴェリュスは愚かな俗物根性からせせら笑っていたが、6であった。サングルは大金を奪い取ってしまっていたので、一緒にサイコロ遊びをしてくれる者はもう誰もいなくなった。

「外部」へと消えていったサングルの力は、数学的な組み合わせを集めて彼のもとに戻ってきた。サングルは飲み食いしてから十五時間たっぷり眠ることで、奇妙かつ正確に釣り合いの取れた文学作品を組み立て、不愉快ながら半時間ほどかけて書くことで、その結果を射出するのだった。作品の各粒子は総体システムによって結晶しており、体の細胞と同じように生気ある秩序を備えているので、どこまでも解剖して粉々にすることができた。このように自然の産物に似ていることは「傑作」の有する性質だ、と哲学の先生たちは言っている。

　実生活については、帰納法の原理が誤っている場合、そうなると物理法則も完全に誤っていることになるが、そんな場合は別として、親切に戻ってきてくれる「外部」に任せるだけでよいことを、サングルはいつも体験していたので確信していた。「外部」は行為の袋小路が続く中で彼を傷つけ妨げるかもしれないが、最後には彼は内部にある塩の階段を登って、「ピラミッド」の頂上に現れるのだ。このことで期待を裏切られたためしはなかった。

　サングルは「事物」との相互関係を自分の思考で操ることに慣れていたので（とはいえわれわれはみんなこの域に達しているし、それに思考と意志と行為の間に、時間的にであっても差があるというのはまったくもって疑わしいことだ。聖三位一体を参照せよ）、思考と行為、夢と目覚めをまったく区別しないようになっていた。知覚とは真なる幻覚であるというライプニッツ[092]による定義を完全なものにしていたので、幻覚とは誤った知覚であるか、より正確に言うなら弱い知覚である、あるいは本当にうまく言うなら予想された知覚である（時には想起された知覚であることもあるが同じことだ）、とどうして言わないのか分からなかった。なので何よりも、あるのは幻覚だけ、あるいは知覚だけであって、昼も夜もなく（本作品の題とは異なるが、だからこそこの題にしたのだ）、生は連続しているのだと考えていた。だがこの振子運動がなければ生が連続していることはおろか、生が存在していることにさえ皆はまったく気がつかず、生をまずは心臓の鼓動で確かめる。鼓動は大事だが、心拡張とは心収縮の休止状態であり、この小さな死が生を維持しているということがとても大事なのだ。こんな説明は確認済みの事実でしかないから、サングルはその発見者である似非《えせ》学者同様、馬鹿にしていた。

世界はただ一艘の巨大な船となり、サングルがその舵を握っていた。小世界を背負った「大亀」というヒンズー教の概念とは逆に、もっとも不条理でないイメージとは竿秤《さおばかり》のイメージであり、（視覚法則に反する前提かもしれないが、竿のまん中にある支え刃はレンズなので）、巨大な錘《おもり》が反射し、サングルの重さと釣り合っていた。こちらの方がより哲学的なわけだし、高慢の大罪を犯しているとは思っていなかったので、サングルはこの巨大な図式を喜んで想像し、映像が形成される理論に従って、上記と同じ点で交差する光線を組み立て、拡大されたイメージと想像上の顔と一つになっていた。小世界がひっくり返り、その似姿がもう一方の秤皿に乗ったスクリーンに大きく映し出されると、小世界は回転軸のように揺れながら、この新しい大世界を下で引っ張っていた。

この大きな風車という概念は少しばかりドン・キホーテ的だが、挽《ひ》かれた粉のような加工品の状態でしか物事が分からない愚か者しかまだいない。

サングルは自分の力を、ドゥルシネア[093]に恋するように焙焼《ドゥルシニフィエ》し、つまりは神格化していたのだ。

三　いくつかの自明の理

科学は迷信に取って代わった、とブルジョワは言う。病気は悪霊によってではなく細菌によって引き起こされるものだから、既知の規則に従えば殺菌できる、というわけだ。そうなると話は完璧な科学から自明の理にふさわしい具体的なものへと移る。人々があれこれ言うのは死すべき目に見えるものについてだからだ（科学者の使う顕微鏡によって視力が強化されたと思っても、見るのはやはり死すべき目、よって平凡でとても不完全な目であり、感覚器官は誤りのもとだから、科学機器を使うと感覚がその誤っている方向に拡大されてしまう）。

昔の教義はこんな風に説く。病気なり体の痛みなり何でもいいが、こうしたものはアーリマンとアフラ＝マズダ[094]、すなわち悪の原理と善の原理が永遠に戦うなかで現れる副作用である。アフラ＝マズダの祈りは悪の原因と戦うのであって、悪それ自体と戦うのではない。悪は結果でしかないから、原因があるかぎり悪はよみがえり続けるのだ、と。

優れた知性の持ち主においては、アフラ＝マズダとアーリマンが争って、人になろうと苦労している。そこでは悪は祈りによって打ち負かされる。純朴な魂の持ち主においても同じことが起こる。これはあまり新しくないミゼス博士[095]の理論なのだが、それによれば、隆起（今の話ではアフラ＝マズダのこと）も陥没（アーリマンのこと）もない未発達な身体である球体と、完璧な身体である同じく球体の間には、いかなる違いもない。なぜ完璧な身体が球体になるかというと、あらゆる隆起と陥没があるので（身体が単純なら、陥没は少なくとも想起状態にあり、これは一般大衆が現在の現実と呼ぶものといささかの違いもない）、たくさんのでこぼこがある限りなくざらざらしたものとなるからだ——周知の通り、これがなめらかな物体の定義である。なめらかさは、数が多いゆえに極めて小さな隆起によって生じるからだ。こうした優れた知性の持ち主はわずかしかおらず、彼らは身体のさまざまな細部でお互いを認識し合う。彼らに関しては、福音書の言葉である「毒を飲んでも決して害を受けない」が当てはまる。実生活においてブルジョワあるいは科学者は、優れた知性の持ち主のことを狂人とか病人とかと呼ぶ。ブルジョワには身体を研究できるほどの知識がなく、科学者には魂を研究するには知識——脳組織学の知識——がありすぎるからだ。

　科学者とブルジョワを比較するのは、言ってみれば純朴な人と天才的な人を比較するのと同じことだ。科学者は綜合をしないにせよ綜合が可能だということを分かっているから、分析の天才だ（われわれはクロード・ベルナール[096]たちの綜合的精神と言われるものを無視するつもりはないが、いかなる科学も文学よりは分析的ではないだろうか）。科学者はいつも綜合を省くが、綜合とはわれわれが神と呼ぶ生ける原理であり、観念力[097]の理論はおそらく知らずしらずのうちにこの原理に帰着する。ブルジョワは綜合の原理を理解できないが、それでも——分析しながら——これを求める。行き着く先は同じなわけだ。

四　沼の錫

鐘楼はポプラに似ている。
頂きに立つ金色の聖女像は
憂鬱な方位盤のごとく、日陰で
「娘」とおり、彼女たちの足元には「聖遺物」。

サングルはごく幼い子供の頃、サン＝タンヌ[098]にある巡礼地に連れていってもらったことがあり、そのさまざまな思い出があった。

まずその旅は、それまででいちばん長くかかった列車での旅であった。列車の中でずっと船酔いしていただけに、いっそう長く感じられた。

そうして灰色の石で囲まれた聖域に着いたので、みんなしてひざまづいたまま痛い階段を登り、花崗岩でできた三角形のてっぺんまで行ったが、サングルはごく幼い子供だったので、みんなの中で立って遊んでいた。

階段の下に伸びるまっ直ぐな道には、沼になって青いカエルの棲む溝があった。サングルは沼が大好きだった。なぜなら沼ではどんな生き物が見つかるか分からないし、日照りで沼が干上がってしまい、違うものであれ同じものであれ、沼がまた見つかるかどうかさえも分からないからだ。だから沼を見たのは夢ではないかといつも思ってしまう。

サングルが愛する感じを初めて覚えたのは、自分が走るとその先へと遠ざかっていく波に対してであった。

泉の石造りの三つの水桶の中にも水があったが、水草や生き物は見つからなかった。老婆たちがお椀に入れた奇蹟の水を巡礼者たちに差し出してその効き目を絶賛しており、無視されるとかかとに水をひっかけて、呪いの言葉を浴びせるのであった。ある老婆はサングルが施しを与えなかったら、

「神様のお恵みがありますように……神様のお恵みがありますように、ケツに藁が刺さって、中に火がつきゃいいんだ」と言ってきた。

大人たちはそんな老婆たちの一人から、小さな銀の指輪をサングルに買ってあげたが、それは指の上でごくゆっくりとすり減って消えてしまった。

サングルの見た、広場に灯る火鉢のように一晩中照らされている聖堂では、正面の赤い扉口が聖体を拝領していた。娘たちの服装やギリシア的な美しさを前にして、サングルはうっとりした。いちばん金持ちの農場主たちの息子が、脇下より上にくる長いズボンをはき、普通より短いごわごわした上っ張りを着ていて見分けがついたのでちょっと笑った。

サングルは聖アンナのことを二重の天体、すなわち太陽と月として思い描き、その天体では、粒でできた筋っぽい粘液で乾いたロープが編まれ、ねばねばした動く疣《いぼ》のある海が澄んでいた。聖アンナが、炎さえ凍らせるほど冷たい空気で、燃える風車を冷やしていた。

カルナック[099]の列石は一度も見たことがなかったが、オーレー[100]の橋の脚は三角形の花崗岩であったのは見た。サングルが啞《おし》の女たちに自分の言葉を見せると、彼女らはつんぼではあるが数学的な声で返事をした。聾啞《ろうあ》の男はサングルを見もせず返事もしなかったが、揚戸の下にある三十体の骸骨の上で、ランタンの吊りひもを揺り動かした。

メンヒルの恥丘たるヒースの間、
聾啞の男がチップに応じ、
殉教者たちの骨を納める野の穴のまわりをうろつき、
ひもの端につけたランタンを頼りに手探りする。

深紅色の波の上を、風は角笛となって吹く。
イッカクは荒地じゅうを揺れ動く。
月が運ぶ、骨でできた亡霊たちの人影は、
刀剣でテンとオコジョを追い立てる。

人の形したコナラに向かってハワン《ミミズク》は
コガネムシの音を食べながら笑ったが、

遠くの岩の上で羽を逆立ててウニになる。

自分の影を踏んで旅する人は書く。
空が真夜中を示すまで待たずに、
羽でできた鐘の舌の下で石が鳴る。

朝方、エニシダの並木道に、三日月形をした小さな黒サソリが目玉模様に散らばる中を歩いて、大人たちはサングルを駅まで連れて帰った。

その後サングルがサン＝タンヌを再び訪れることは一度もなかったが、町の名前が書かれた白と青の表示板の前を列車で通ることは何度かあった。夜に町に近づき遠ざかると、町は長々と吊鐘《トランクバルマン》を鳴らして立てる潮騒の音でサングルに呼びかけた。昼には、クリスマスのイチイの低い木々がサングルに向かって指を上げ、畳んだ帆のようなその姿は、エルサレムの寺院にある七枝の燭台が林立しているように見えた。

他にもサングルにはサン＝タンヌで見たさまざまなものの思い出があったが、実はそれらはサン＝タンヌにあったわけではなかった。頭部が野蛮人の棍棒《こんぼう》のような形をした「死せる聖イノサンの像」はそんな思い出の一つで、聖堂には存在しない地下墓所の中で、そいつと長いあいだ殴り合いをしたのは夢だった。

サングルのいちばん遠い過去の中で、聖アンナは感覚と魂にとって本当に愛すべき存在であった。

よってサングルは聖アンナを、自分と「外界」との間の仲立ちとして、また軍隊の石の隙間にユキノシタ[101]となって散らばった自分の力全体を綜合するものとして選んだ。そして自分のやり方通りやしきたり通りに絶えず祈りを捧げ、この綜合を作り上げた。

綜合が十分であると思ったので、サングルは武器の準備ができているかどうかを確かめるため、決定打となる検証をすることにした。

五　ランプの間

いつも午後四時半にシスターが部屋にやって来てお祈りし、五時前にみんなは夕食を取るのだった。サングルはシスターにぶ厚い皿を三枚差し出し、ブイヨンと手羽先とジャガイモの煮付けをもらう。食堂に降りていって「チョコレートボンボン」を買い、ワインが禁止されている看護士に一杯おごってやると、最後に遊んだり読書したりすることが許されている一時間半の自由時間は、長机のまん中と端っこのどちらに置くかで言い争った二個のカルセルランプ[102]の中で、単調に滴り落ちていくのだった。

七時過ぎになると、あえて起きている者はいなくなる。軍曹が七時きっかりに「熱病患者」の部屋に入ってきた日からのことで、その時サングルは服を着たままシーツのカバーに潜る時間だけはあったが、まだ寝ていなかった奴らは馬鹿正直に枕元に書類を置いていたので、軍曹によって名前がメモされ、上にある「禁固刑用の独房」に四日間入れられることになった。

八時になると、静まり返ったベッドの間で、重病人たちがお願い事を言う声に紛れて微かなささやき声が交わされるだけになるので、大部屋で誰かが目を覚ましたためしなどなかった。早朝に、部屋の高いところにある窓の上部から冷気が降りてくるまで、サングルが目を開けることは決してありえなかった。

夜になると見回りはなくなり、年寄りのシスターが足音を羽毛で覆ってやって来て、いちばん重症だと思ったどうでもいい奴らに飲み物を飲ませるだけになる。この見回りをサングルは話で聞いて知っていた。

自分を担当する「貴婦人」が与える試練として、今夜十時にはっと起こされるよりも難しいことは求められないな、とサングルは思った。

六　ドリカルプ

ドリカルプは昔ワイン商兼売り子をしていたって――へええ？　と軍医が言う。ドリカルプは、新聞のありもしない見出しに広告を載せる詐欺をしても一度しか捕まったことがなく、毎週日曜になると、懲罰を受けて丸刈りにされた兵士の頭をした、元かつら屋のいとこが会いに来るのを自慢していた。ドリカルプの身振りはトランプのジャックのようにX形に交差しており、顔はハート形をしていた。息は熱くて臭く、いつも目を閉じていたので、まつ毛が頬に生えた金髪の産毛と見分けがつかなかった。手は目くらか彫刻家のようで、指はせむしか掏摸《すり》のよう。病院の古いスリッパをカタカタと鳴らしながら、モリフクロウや夜にうろつく情夫のように歩いた。シスターに温かくもてなされることに大層こだわっており、朝は病人全員のベッドメーキングをして、食べ物をたくさんもらおうとした。だが矛盾したことに、シスターを怒鳴ったり、突然罵り言葉を吐いて怖がらせたりした。喉頭にヤスリがけでもするかのように凄まじい量の煙草を吸い、吸わない時は血や汚い粘液を吐いた。それはカーライルが柔らかい鳥の糞と呼んで表したもので、ドリカルプが吐くのも同じフクロウの糞《アウル・ドロッピングズ》[103]だった。部屋が広く、柵で囲まれているのに中は妙に自由であることに目が眩んでいるかのようだった。どこをとっても、音や光にはびくびくするのに見張りに対しては大胆なので、監獄についてのほとんど生得的な観念を、まわりの状況のせいで抱くようになった人のようであった。

七　木馬たち

ドン・キホーテが、不思議な森で足を取られた駄馬に跨がったまま、サンチョの物語る無意味な話の方へと気を紛らわせ、見えないドロップハンマー[104]となってぶつかり合ったように、サングルとドリカルプは隣り合うベッドに座り、一人は話し、一人は聞いていた。二人の脳内では、閉じた棺の上かドアの隙間から漏れる光の近くでぶつかり合う音が響いていた。監獄の話題に行き着くのは当然のように思われた。人は聞いた寓話以外のものになるすべをよく心得ているものだから、かくして二人は話すことで監禁状態にあることを追い払い、他の者よりは自由であった。サンチョの物語る話は、突然滑稽な様子で怖がるたびに途切れたものだったが、ドリカルプの肺は、話しているうちに崩れて膿になって流れ出すので、痰《たん》壷をカチャカチャいわせて置き直すたびに話が途切れるのだった。こんなふうに二人は馬に乗り、庭で揺れるプラタナスと糸杉を越えていった。

八　乞食と監獄

ドリカルプは言った、

「まず乞食のお話をしましょう。二人の乞食がリヴォリ通り[105]で出会って、『来いよ、あの小さな炭屋に行って一杯やろうぜ』こう言ったのは盲人で、相手は震えの走る麻痺患者。半スティエ[106]の酒を二人分。麻痺患者は盲人に新聞を読んでもらい、『君の健康を祝って乾杯』と言うんです」

ドリカルプはいったん話をやめ、身もだえしながら長いあいだ痰を吐いた後、ノートの続きを読むように別の話を始めた。

「本物の乞食女が日中子供を連れていったんです。ほかの乞食女たちと一緒に酔っ払っていました。すると物乞いしている花売りの男に出会う。そいつが女に一杯おごった。女もおごる。何杯かおごり合う。結局夜の九時になる。九時になったところで女にも花売りの男にも金がなくなったので男が言う、

『子供を貸してくれよ、これで騙し売りをしに行って飲むからさ』

そこで花売りの男は子供と一緒にテラス席に向かい、女は後をついて行きます。女が酔っ払っているのをいいことに、男は子供を連れてずらかって、二人で八、九フラン稼ぐ。子供と一緒にワイン屋に出かけていくと、店には売女たちがいる。顔見知りの花売りが連れているかわいい子供を見た売女たちは、その子に牛乳とお菓子をあげる。男は

何杯か飲んでから、シモン＝ルフラン通り[107]のホテルに子供と一緒に泊まりに行き、子供をベッドに置いて、自分は暴行罪で訴えられないように酔っ払ったまま絨毯に横になる。翌朝起きると一文無しなので、子供と一緒にシャン＝ゼリゼ大通りに行き、昼頃まで物乞いをして飯代を稼ぐ。マドレーヌ寺院[108]に行って、古い花をかき集めて騙し売りをする。昼飯を食べてラビュ氏の店に飲みに行くと、子供の母親がさっき来たぞと言うので、一杯飲んでから子供を店の隅に置き去りにする。けど母親は交番に行って、泣いたり子供が拐われたと訴えたりしていた。それからワイン屋に来たらわが子を見つけたわけです」

ドリカルプはまた痰を吐いてからサングルに言った、

「乞食の娘たちの話をしましょう。親は、自分の娘・息子を六歳から十八歳までのあいだ送り出し、この子供たちは、ルーヴル[109]だとかボン・マルシェ[110]だとかいった主に百貨店の近くで、ピンや鉛筆や飾りひもを籠に入れて売っているように見せかける。二〜六フランくらいの金を親に持って帰らなきゃいけない。でも物を売る代わりに売春するんです。これはいくらか親のせい、というのも親は子供をなじったり、何もしないで子供を殴ったりするんです。

自分の子供を貸し出す乞食の話を、いつか別の日にしてあげましょう……旦那と不幸な結婚をしたせいで最低レベルの売春をしている女の話です。子供がいるのに集まって飲む女たちがいるんですけど、旦那の稼ぎが少ない。子供がいない女が、子供のいる近所の女に声をかける。子供を一人か二人借りてお恵みをせがみに行く。本当に子供がいる女より厚かましいんでね。子供のいる女たちは、物乞いをしていると旦那に知られたらまずいので、子供を貸し出して飲み代を稼ぐんです。

かたわたち。かたわとかびっことかのことです。そいつらの生活はだいたい、まず朝八時に起きて、十一時まであたりを巡ります。仲間うちで道具と呼ぶのは、仕事をするために飲む酒のこと、つまり二、三杯のアブサンのことです。みんなの前で『道具をよこせ』と言うんです。現場というのは仕事（つまり物乞い）をする場所のことで、仕事が終わると安酒屋に集まって晩飯を食べる。安酒屋はたいてい売春宿になっていて、そこに食べに行くわけです。食後は二時半まで飲む。『金持ちが出かける』時間なので現場に戻る。もう一文無しなのでね。儲《もう》けが多い日には五時か六時で仕事は終わり。そうでない時はビストロで飲んで気を大きくして、オペラ大通り[111]やペー通り[112]、トロンシェ通り[113]やマドレーヌ寺院あたりで女工が出てくるところを捕まえる。それから晩飯を食べに行って、十時か十一時まで酔っ払う。酔っ払い過ぎたら寝に行くけど、そうでなかったら芝居がはねたところを捕まえに行く。時々、自分たちみたいな年寄りの乞食女（三十歳か四十歳）に出会うことがあると、女たちは何もしなかったわけなので、かたわと一緒に寝に行って飯や安宿にありつく。二十歳の娘たちが抜け目なく遊び暮らすすべを知らずに、金欲しさにかたわと一緒に住んでいるんですよ……

　新聞売りをしている乞食はいます……

　ですけど元気な乞食はたいてい監獄にいますよ……」

九　報道

午後六時に、インバネスコートを着た入院患者と、そいつの入院許可証を持った看護士がやって来る。サングルが灯りの方に振り向いたのを見て、「こちらはフィリップさんです」とドリカルプが言う。そのチビ助はこんにちはと挨拶し、上着と拍車のついた軍靴を脱いでサングルの左のベッドに横たわりながら、「あなたも除隊待ちですか」と言う。

「一カ月後です」

「じゃあ僕の方が先に自由の身ですね……　今晩検温はあるんでしょうか。ちょっと熱っぽいんです。それにしてもここは広いけど、汚くてさびしいところだ。毎日は外出できないんですよね」

「医局長の許可が要りますよ。でも私はまずは除隊してもらいたくて、出かけるならその後いっぺんにあちこち出かける方がいいですけど」

「ビアリッツ[114]で僕が外に出ても甲斐がなかったのはご存知ですか」

「知ってます、読みましたよ」

「僕が指定の駐在地にいなかったからなんです。宿屋に隠れたんですけど、奴らは僕をけだもののように売り渡したんです。あれがなければ馬で突っ走って家に帰り、横になって逮捕されなかったのに。でもその前に憲兵に捕まってしまいましたよ」

男はぶっきらぼうに早口で話した。安心した子供が、急いで話すか息をはずませて話すような声だ。二人の看護士が体温計を持ってやって来た。

「熱はありますか」検診の看護士が聞く。

「夜になるといつも少し熱が出ました」

「三八度あるのですか。おやおや、汗びっしょりですね。疲れるようなことをしてはいけませんよ」

枕元の棚板に置かれた蠟燭の明かりを頼りに、情報処理の看護士は方眼紙に点を打って線を引いた。

「検診は何時ですか」とフィリップは聞いた。

「八時です。みんなその前に起きるんですけど、強制ではありません」

「検診の時は横になっているんですか」

「ええ、最初のうちはその方がいいです」

「では横になっていることにします」

伝令兵が入ってきて、

「こちらが貴方様宛のお手紙と新聞でございます」と馬鹿丁寧に言った。

「ありがとう……　下がっていいですよ。なんて阿呆面でしょう」とフィリップはサングルに言う。

「ええ、ずいぶんなね」とサングルは答えたが、すでにウトウトしていた。看護士が気を利かせて、枕元に卵型をしたガラスの蠟燭立てを置いておいたので、フィリップの金髪や肉感的な唇や、顎はがっちりとしているが全体としては女っぽい頭が、ガサガサと広げた新聞の上で揺れ動くのが見えた。看護士たちはかなりおかしなほど物珍しそうに、尊敬のこもった眼差《まなざ》しでじっと見つめていた。その中の一人が白い磁器の痰壷を持って来た。

「ありがとう。でも痰はあまり出ないんですよ」

サングルはすっかり眠ってしまっていた。

「とても親切ですよね」ドリカルプは目を閉じながらサングルに言う。蠟燭と吊り下がった終夜灯から発する二筋の光が最後に、大きな金色のRの下にある二本の縦線のように見えた。

十　軍の時刻

「おカマを掘られてないとは言わねえよな、首にそんなスカーフ巻いてる女役なんだから！」

「ぶん殴るぞ」

「騙されねえよ。動くところを見せてくれればいいんだ、俺がおカマを掘ってやるからさ。俺たちはハンサムじゃないけど、とってもスケベ。やっちゃいそう……」

乱闘だ。銃剣が引き抜かれ、ピストルの撃鉄を起こしたような音がする。新入りの下っぱ看護士が、サングルの足元にあお向けで倒れる。その上に太った体が倒れ込み、血とゲロが流れ出る。

目を覚ましたサングルは、何が起きたのか分からないもののうんざりした気持ちになり、思い返してドリカルプに尋ねる。ドリカルプは最初にいさかいが起こった時から目を覚ましていたが、このありえない殺人は見なかったのでこう答える。

「何時ですか」

「一分前に十時の鐘が鳴りましたよ」

十一　ある日まで

サングルは活動的であることをやめてしまった。活動とは彼にとって、超自然的な「外界」が作品を作ってくれるかどうかを見張ることなのだが、それをやめてしまい、ある至福の日まで次々と起こる、連続的であることしか繋がりのない不連続な出来事で時間を意識するようになった。するとサングルは自由になり、子供がエピナル版画[115]を見るように、軍隊が行進するのを後になってから見た。たとえ恐ろしい過去であっても、思い出すのは彼にとって快いことだったからだ。

ある日の夕方。

ラヴァショルと呼ばれる男がいた。この名前で呼ばれていたのは、字が読めて、実に単純でいつも同じ無政府主義的な考えを、時折一言で表していたからだ[116]。何年もの長いあいだ兵役をこなしたあげくトンキンで梅毒に罹り、熱で半身不随になったそうだ。入院生活は三年目で、戦傷者に対する第一種年金の千二百フランがもらえるのを待っていた。役所側は、半身不随は梅毒に罹った後のものだと結論づけることで、やむを得ず書類を没収して、何とかしてそいつを病院から追い出そうとしていた。

かつて起きたことだが、ラヴァショルが、ややこしい松葉杖という外骨格をついて標石の近くで立ち止まり、ケピ帽を脱いで、

「トンキンで負傷したアルザス[117]人でございます……」と言って物乞いをしていた。

すると、ある代議士がそいつを病院に連れ戻したのだった。

フィリップがラヴァショルに二ルイ金貨をあげた。ラヴァショルは老兵としてめかしこむと、看護士と一緒に兵隊向け売春宿に出かけた。五フランやるからと言って、「熱病患者」のベッドに寝かせてもらう時と同じように女の上に乗せてもらうと、麻痺した腰を軍隊式の号令に合わせて力強く動かした。

ひどく酔っ払って帰ってきたラヴァショルは、失語症患者を相手にお得意のチェッカーゲームをした。負けた失語症患者はラヴァショルにげんこつを食らわせた。ラヴァショルはチェッカーボードの角を持って殴り返したが、松葉杖がなかったので重さで転んでみんなに笑われた。

ある日の朝。

二人の軍医がフィリップの枕元にやって来た。階級の高い軍医の方が、持っている医療資格の数が少なかった。

フィリップを指しながら軍医長は言う、「仮病じゃないのは確かでしょうね。結核性の痰を取るための、よくできた器具がいろいろ作られているのはご存知でしょう。太くて短い試験管の底に、奥まで届く管があるんです。もう一

方の管から息を吹き込むわけ。大きさは手にすっぽり収まるくらい。口に当てると痰が出てくるんです」

「軍医長さん、聴診はなさいましたか。左側のここに空洞があって、息切れしている音がするのですが」

軍医長は聴診してから、「確かに空洞があるな」とは言ったものの、何のしるしで空洞があると見分けがつくのかは分からない様子であった。「内部はまさしく結核の病巣になっている。痰が出るのも驚くことじゃない。これはきっと穿刺《せんし》しなければならんな」

フィリップは言う、「すみません……軍医長さん、言わせて頂きますとこの空洞は十二歳の時からあるもので、左肺がすっかり駄目になっているのは分かっています。ですが私の治療をしている＊＊先生は、絶対に穿刺させてはいけないと言いました。空洞は封じ込められているので、穿刺したら広がってしまいます。除隊させてもらえないのは我慢しますが、殺されるのはご免です」

「まあまあ、落ち着きたまえ。何もしやせんよ」と二人目の軍医が、フィリップの頭の後ろをぽんぽんと軽く叩いて言った、「私にも聴診させてもらおう」。

たちまち気が遠くなったフィリップを見て、「なんて兵士だ」と軍医長が言う。「結局カニューレは入ったかね」

「バッチリです。ただきっと心尖部に触れてしまったかと思います。何でこいつ、じっとしてないで動いたんだ」

「痛いんです。息が詰まるんですよ」起き上がってフィリップが言った。

「穿刺しているわけじゃないんだ」と軍医長が言う。「これは注射器じゃなくて注入管ですよ。まあ穴が開いたわけだから任せてください。楽にしてあげましょう。とにかく今、空洞を検査しますので……」

「あなたたちよりも僕の先生の方が信用できるんです」とフィリップは叫んだ。

「気をつけたまえ、ここで止めるともっと危ないことになりますよ」

「仕方ない、じゃあ続けてください」とフィリップは歯噛みして言う。サングルが合図を送って口笛を吹きながら、

「若い洒落者さんよ！」と言ったのだが。

小さなポンプから交互に耳障りな音がして、研修医たちが取り囲む中で、看護士の持っている三口フラスコの中に赤い液体が滴る。

フィリップはもう一言も発さない。シャツは頭の上に折り返されている。

「おや、これなら穿刺する必要はなかったな」と軍医長が言う。

「カニューレの位置が悪いのかもしれません」と軍医。

軍医長は看護士に言う、「まあ続けてください、何が出てくるか見てみましょう」

「血液と筋原繊維しか出てきませんが」

「構わんさ、いい瀉血《しゃけつ》になるでしょう」と手を擦り合わせながら軍医長が言う。「昔ながらのこの治療法を止めるなんて間違ってるよ。体に悪かったことなんてないんだから」

軍医たちが立ち去った。あえぐ背中の注射傷に、看護伍長が少量のコロジオン[118]を塗っている間、サングルはフィリップをあらゆる名前でどやしつける。

ある日の午後。

二人はベンチに座ってサイコロ遊びをしたり、スズメにパン屑《くず》をやったり、前を転がる風に乗せてプラタナスの葉を飛ばし、泉水まで届くか競争したりしていた。するとドリカルプがまた例の話を――あるいは自分自身の話を――始めた。

「捕まっても平気な乞食たちがいるんですよ。セーヌ監獄に仕事があるからなんです。半年間とか一年間の禁固刑を受けても平ちゃらです。まず一、二カ月の刑からだんだん悪癖を身につけます。外ではもう働く気がなくなり、外に出たら騙し売りをして、スリッパ（一日で一フラン二五サンチーム）やボールやカバンなんかを作る現場を監督する仕事にありつく。あるいは厨房だ。乞食たちはもっと自由で、ほとんど何もしなくていい。乞食を厨房にやるのは、そいつら（何人か）の稼ぎが少ないからです。稼ぎの五割は留置人の分、五割は監獄の分。五割もらった留置人はその五割を食堂に使い、五割を出所時の準備金に充てる。四割か三割しかもらえない奴もいて、そうなると一年以上とか五年以上とかのムショ暮らしになる。

奴らを監督に就かせるのは、他の人より若者に顔が利くし仕事をよく知っているし、看守にチクってくれるからなんです。それに何より商品ごとの儲けが大きくて、カバン何千個につき一スーとか、ランタン五百個を作ったら月に四フランか二サンチームかもらえるわけ。仕事をしっかりこなすか早く仕上げてくれるように、奴らはボーナスを使っていいことになっている。まともな仕事をしていたら稼ぎはもっと少なかったでしょう。それに取り分は三割だけなんです。ボーナスは食堂で使ってしまいます。

麻痺患者の監獄での仕事は何か、ですって。昔は仕事はありませんでした。不具は働いてなかったんです。仕事のない奴らと一緒に、数珠繋ぎで中庭に並ばせられていました。カバンを繕らせて、マッチ箱を作らせて、火を起こしていました。あるいはずっと立たせておいて鐘を鳴らせるだとか、文書課にいて、仕事部屋にいる人が文書課に行くように名前を呼ばせるだとか。六十歳以上の年寄りや目が悪い奴にはいつも仕事を与えて何かをやらせるんです、ナンテール[119]ではね。上院に行かされる奴は、アシェット社[120]で裁断された紙の中から、色つきのと白いのとをより分ける作業をします。そこに行かせてもらうのは、駄目人間に見られるけれど働かなくていいからなんです。四、五人要る仕事に対して八十人まで取ります。働くまでに一カ月待つこともあって、働く前に出所してしまいました。

ナンテールの看護室は公立総合病院に属しています。腕のいい医者はいます……何人かはいます。病人はなかば見放された老人たちです。重病人用の場所がなくて、いるのは怠け者たちなので、医者は検診の時、特にフニャディ=ヤーノシュ水[121]かビスマスを与えます。八十人を診るのに医者がかける時間は十分です。治療中の病人には焼灼か吸角を施します。下痢している患者には、

『一日休暇を与えてください。寒くないよう、食堂にいさせるんですよ』

と言います。

気管支炎の患者には冷たい煎じ薬を与えます。パン屋が変わると、パンは美味しいんですが、監獄で出るやつと比べてちょっとマシなだけで、軍のパンと比べると不味いです。生地で人形を作るんですよ。籠は展示用ってわけです

ね。

また花売りの話をしてあげましょう。夜の間、手持ちの花を売るふりをしている若い娘たちなんですけど、オランピア劇場[122]だとかセーズ通り[123]だとかロータリーだとかで売春しているんですよ……」

……ノゾコムの検診で連隊が話題になっている。

前哨隊下がれ。撃て！

ノゾコムは六日間の病後静養の後で戻ってきていた。外出しようと兵役代理を雇おうとしたが断られたのだ。彼はポンプの後から、作業服を着た小隊と一緒に出発する。

火事が起きたのだ。ありきたりの火事だ。燃えずに熱くなっているだけの鉄のファサードに登れば、ホースの筒先をもっと高く上げて家財道具を守れる。ノゾコムはまっ先によじ登ったが、数メートル登ったところで梁が落ちてきて転落する。ノゾコムの腕と足には傷があって二カ月間寝たきりだったのだが、力を入れたせいで転落する前から傷が開いていた。大したことないとまた登っていくノゾコムを、将校たちはじっと見つめている。

第一小隊の中尉が言う、「もう大丈夫だ。あいつらを連れていって、少し演習させます。広場は遠くない。銃を持ってないからボクシングをさせましょう。軍服を着た別の小隊は行進しながら射撃させることにしましょう」

ヴァンシュエ中尉が言う、「ですが何人かは残らせましょう。火事を見張る必要があるし、気が休まるでしょう。そうしたがっていますよ。それか軽傷者は兵舎に帰らせて、他の者たちを方向転換させましょう」

「向こうにいるあいつも一緒に行かせましょう。おい怠け者のサヴォア[124]野郎、そこで仲間を待って、一緒に演習に行くんですよ！」

火事のあった農家の男が言いに来た、「この兵隊さんはよくやってくれました。けがして血だらけなんですよ」

ヴァンシュエが言う、「こいつはノゾコムですね。今分かりました」

最初の中尉が言う、「ああ！　ノゾコムか。なら話は別だ。奴は休まなくていい、俺たちと一緒に残らせましょう。集合、右へならえ。ノゾコムは列の先頭を後ろで守備するんですよ、この腸詰野郎。注目、右向け右……」

ある夜。

阿呆面をしたある伝令兵が、よくできた冗談の的になった。「壁に小便したせいでかね？」とは言われたものの、軍医が親身になって使った言葉で言えば「倦怠感」を覚えるというので、そいつは二、三日ぶらぶらし、一日中寝ていたり冗談を言ってゲラゲラ笑ったりしていた。隣のフィリップはもう起き上がれなくなっていた。肺結核が「チフス状」であると診断されていたので、看護士たちが時間ごとに彼をつかみ、裸にしてベッドの隣の凍えるような浴槽に投げ込んでいた。夜になると律動的に叫び声を上げるので、大男の鍛冶屋だとか農民だとかいった病人たちは寝返りを打ち、枕元にやって来て、ぶん殴るぞと脅しつけた。ついにフィリップは大病棟の端にある隔離室に入れられた。隣にいるのはノルマンディー[125]人ひとりだけで、研修医がエーテル[126]を下手糞に注射したせいで二日前から左腕が麻痺していたのに、仮病だと思われていた。フィリップが相変わらず上げる叫び声は、時折ベルか鐘のように聞き分けられた。調子がよくなり気分が明るくなったので大病棟に戻ることを許されたが、そこでは笑い上戸の伝令兵が相変わらず寝ていた。

事件の前夜、結核病みのチビ助《フィリップ》が、見回りにやって来た司祭に合図をしたので、司祭は裏表で着られる祭服をすばやく着て、誰の注意もひかずに急いで戻ってきた。司祭はひとり言を言いながら病人の告解を聞き、地味な上祭服の色布とこっそり垂らしてある襟垂帯をめくって聖体を授けた。その後の夜、病人は軍医からアルコールを四〇グラム与えられ、かなり長い休暇をもらえると聞かされたので調子がよかった。だが顔色が急にまっ青になり、両脇を動かしてあえぎ出したので、テーブルゲームをしていたまわりの者たちが駆けつけてきて、野次馬が半円に集まった。阿呆面の伝令兵は大きく口を開けて寝たままだ。終油の秘蹟を受けた病人の顔が突然黄色くなり、しかめっ面を装うと、阿呆面が寝巻きのまま飛び起き、わめきながら部屋や階段や中庭を走り回った。軍人たちが規格サイズの棺を持ってきて、二日後には、先日集まった野次馬たちが、今度は解剖室の窓ガラスの前にまた集まることになった。サングルは初めて、自分が昔ながらの病院にいることを意識した。

十二　ソドム[127]に義人はひとりだけ

例外的に学のある例の軍医は自分のために働く人で、まったく軍人っぽくなく、あまり医者っぽくもなかった。彼が病棟勤務をした時、サングルが見たところもう病気ではないのに、懐古の情《ノスタルジー》で死にそうになっているのが分かったので――この症例は軍医の本では想定の範囲外だったが――除隊を勧めた。ドリカルプは規定で認められるほど「幸いなことに」病気だったので（懲治部隊の兵士の方が除隊になる規定が厳しいのだ）、彼にも除隊を勧め、今後の労役刑から免れさせてやった。

軍医だけはフィリップが本当に重症だと分かっていたので、彼にも除隊を勧めたかったのだが、上官が、病院に責任がないようどこか他所に追いやり、そこで死んでもらうことを望んだのだ。

軍医はサングルとお喋りをし、民間人に戻った時に気をつけるべき、賢明で優れた衛生上の注意事項を伝えた。二人は軍にいる医者たちについて一緒に話した。

軍医は言う、「研修医たちが物知らずで馬鹿なことをするのでぞっとしますよ。ひどいと思ったでしょう、フィリップの心尖部に套管針《とうかんしん》で触れてしまったのも研修医なんですよ。

民間のヤブ医者よりももっとヤブな研修医たちが、あちこちの地方でたくさんの人を分ごとに切り刻んでいるんです。もし奴らを好きにさせないのなら、軍医の役割は実に素敵なものとなるでしょう。軍隊というのは地獄の釜みたいなもので、頭のいい人――だとかひどい目に遭わされた病人だとか――が反乱を起こしたら爆発するでしょうけど、軍医はその釜にある唯一の安全弁なんです。もし軍国主義が続くなら、知性のある生活を送らせるかどうかを――誰かが入隊する前や兵役に就いている時に――決めるという途方もない任務を、誇るべき二、三人の名医や彼らの弟子たちにこなしてもらうお礼として、国家は彼らを大金持ちにしてやるべきでしょう。だって兵役中に死ぬかもしれないのはインテリだけですから。あとは、いま副舎監や死刑執行人をしている奴を徒刑場送りにしたり、執達吏見習や汲み取り人にしたりするでしょう。うちの息子が奴らの手にかかるかと思うと震えが走りますよ……」

「そうなったら息子さんを除隊させるおつもりですか」とサングル。

軍医は話を変えた。

十三　最後の赤い口

除隊の前日。

軍医が言う、「さてサングルさん、明日ですね。汗はもう出ませんか。中庭を回って、青空を吸い込んでまぶたと指にとっておいてください」

サングルは病気の将校たちの前を通ったが、彼らは通路に掲げてある「興奮させることはご遠慮ください」等々の張り紙に任せっきりだったので、挨拶を求められることはなかった。サングルは円形の噴水盤のまわりを回った。中に落ちてくる葉はもうなく、中に落ちた葉はぜんぶ沈んでいた。落葉は水面まで平らに積み重なっており、赤いビロードの大きな絨毯が輪になって、少し濡れているだけだった。円周に沿って金魚が何匹か、版画にあるように水面から半身を出して泳いでいた。金魚たちは大きな一匹を先頭にして泳ぎ、サングルの前で一周回ったが、こうしてもう何百回も繰り返し探したけれど落葉の血に染まっていない水など見つからないので、軍隊式のエラで息を切らしながら一・二、一・二と号令をかけ、並足で進むかのようにまた回り始めた。

さびしい水時計では、まっ赤な小さなズボンたちの一匹が、まん中の噴水から降りそそぐ水を口に受けて生を飲み――サングルは時刻を飲んでいた。

第五の書　お気に入りのシジフォス[128]

エレーヌ・シュアスは医者に見放されていまわの際にいた時……双頭の蛇を吐き出した。

聖アンナ聖堂の奉納物[129]より

一　少しばかりの冒瀆《ぼうとく》

サングルはカトリックだったので、ある若い司祭を大変苦労して見つけ出し、告解を——時々だが——していた。司祭はサングルの罪を正しいことだとほぼ決定的に認めた——本性に従って神を目指すという罪を（このように罪と判断するのはけしからぬことではないかのように）、ありのままに認めたのだ。知性と身体が選ばれし者は、思わぬ不調が起きない限り、自分の内なる綜合のまわりを取り巻く行為に身を委ね、自分自身という神を敬うので、十戒のいかなる掟にも従わない。「隣人の財産を……」[130]などの利他主義的な掟は、孤立せよということを貴族的に表現しているのだ。「神の名をみだりに唱えてはならない」というのが唯一妥当な礼儀である。鏡に向かって唾を吐くのは、拡大鏡メガネで鏡を見ながらであっても馬鹿げたことだ。肉交は、同等の者と行う時だけは忌まわしいことではなくなるし、実際モーセが禁じたのは姦淫の罪だけだ。

そこでサングルは、「外界」と釣り合いを取りながら、規範に従わないという自由とも逆説的に釣り合いを取るために、軍の司祭が中央の番兵小屋で見張っていたものの、告解室を仕切る三枚の板のうちの一枚の中でひざまづいてやることにした。

告解は普通のものと変わらなかったが、司祭がサングルに、いつも相手するような粗野な兵士に話していると思って、飲酒癖はないか、娼家に行ってはいないか、悪態をついてはいないかと最初に聞いてきたのは面白かった。

そうした質問にサングルは「いいえ」とだけ答えたが、いくつかのことについては、簡単にではあるがわざわざ説明してその罪を告白した。最後に、司祭役の年寄り歩兵がただ伝えるだけの決まり文句を聞かされた。

皆殺しにしたかもしれないという罪が受け入れられ、自我の方へと逃亡するのに必要なものがそろったので、すべてがひっくり返る中で、あまり直接的にではないだろうが神を足蹴にするのに、これ以上完璧な状態はないとサングルは思っていた。軍人が最後に言う合言葉として「スベテハ成シ遂ゲラレタ」[131]と言った後、自由な境遇がサングルに戻ってくるのであろう。

司祭は、自分の話し相手が、明日にはただの人間ではもはやなくなり、ひとかどの存在となる知的な人であることが少し分かったので、魂の中で恐縮して敬意を表し、囚われの信者たちを次々と解き放つ際によく言う別れの挨拶をただ続けて言っているだけであろうが、サングルの健康状態について尋ね、詳しい話を聞いた。

サングルは思い切って正直に、自分の感じる疾病分類学上の苦痛について、さまざまな医者によって検証された、解剖学的に興味深い自分の心臓についてや、証明書による本当のことすべてや、病院の内部について語った。

そして朝にサングルは、必要な冒瀆は無罪であると自ら宣告した。

サングルが罪を告白した、すなわち後に栄光を授けてやった＊＊司祭は思った、

「複雑な自我についての打ち明け話を、聞かせるにふさわしくない人に聞かせよと命じるなんて、十戒とは凄まじいものなのかもしれない。キリストは民衆の今の理解力に応じて、譬え話を使って話したものだ。それに大衆と話すためには、自分が大衆にならなければならない――大衆と関わりをもたない芸術作品においては別だが」

二　神話

サングルは鏡を手にすると、そこにシジフォスの物語を再び読み取った。

その山は念入りに築かれていた。

山は三角錐、つまり三つの階段が合わさったピラミッド型をしており、階段は先端に近づくにつれて狭まるので、一定の法則によりそのぶん段差が広がっていくように見える。

軍の永遠者はシジフォス氏の手に、運命で定められた岩をまた持たせた。たくさんのでこぼこがあるので完璧に磨き上げた球にそっくりな岩だ。

永遠者はシジフォスにこう言って教え込んだ、

「さあ見ろ、お前だけに、ダイヤモンドを新たな劈開面《へきかいめん》に沿って球形にカットできるようにしてやったぞ。ダイヤはすごく硬いので、こうすれば非常な弾力が生まれるからで、この球体を持ってピラミッドの階段を二段、三段、四段と昇ると、球はとても重いから、爪から滑り落ちてしまうだろう。

球は赤い斑岩の階段を転がり落ち、距離を二倍、四倍、八倍と規則正しく伸ばしながら、青緑色《ターコイズ》の平野を通っていくことになる。

球を頂上に置くことはどうしてもできないだろう。

そんなわけだから、お前に務めを課してやる（死刑としてだ。一瞬でも歩みを止めたりしないか見張るため、俺の天使をつけておこう。お前が階段を上るにつれて、そいつの重要性は徐々に増していき、そいつの力は金の階段を何段も積み上げたものと等しくなる）。ダイヤモンドの球を、斑岩のピラミッドのてっぺんにある小皿に運び入れるという務めだ。

死ぬまでけん玉遊びをしているのに、けんに玉を一度もはめられない人のように怒って分別をなくした人と同じく、お前が悔し紛れに大急ぎで登ってしまうといけない。

なので両足に鉄球をつけてやろう。そうすれば歩みは遅くなり、お前を見てもそんなに煩《わずら》わしくはなくなるであろう。

お前は意志を、この山のてっぺんというただ一方に向けろ。

髪を刈られて囚人服を着させられてからだ。知性を消したくはないのでな。そうするためにお前に知性があることなど俺は知りたくもないが。

俺の力のほどが分かるよう、民がお前を一日に二回見に来ることを許可しよう。民というのは分別のある者、つまり太って落ち着いた男と女中と子供のことだ。

子供たちはお前のことを素敵だと思い、お前もそれを誇りにするであろう。子供たちは少なくとも物心つくまでは、みんなお前のようになりたいと思うであろう。
お前が主の祈りを唱えたら、俺は毎日お賽銭とカビたパンを何切れかやろう。
そして糞を転がす甲虫みたいに
球を運び上げ終えたら、休みも与えてやろう。
この仕事が楽しくなるよう、与えられた休み中に
ダイヤモンドの球を磨いていいし、そう命じもしよう。金に糸目をつけずに欲しい物を買って、柔らかいブラシで念入りに磨いたり（ダイヤは水差しの古い栓だから、きちんと手入れしなければならんのだ）、磨くのに持っておくとよいと思った物なら何でも使って磨いたりするのだぞ。
そうしていれば暇になったり眠くなったりしないから、お前は自分が殉教者だと思うだろうが、むしろ俺としては、お前がいささかも考えたりもの思いしたりせず、その分もっとしっかり自分の務めをやり遂げてほしいと思っている、この山を築いた俺のようにな」

するとシジフォス氏はとても聞き分けのいい男であったので、これらの戒律すべてをしっかりと守った。

五年後に軍の永遠者は、かくて五年が過ぎたが、シジフォス氏がした仕事は何の役に立つだろうかと思いながら、獰猛《どうもう》な蜘蛛のように降りてきた。永遠者の父である運命の神は、ダイヤモンドの球は（丸い）雷を象徴しており、天

をまた攻撃したくなったら、これを巨人族の頭の上に転がすのだと言っていた。だがそんな騒動がまた起きることになれば、シジフォス氏は水差しの栓を放ったらかしにして、車につきそう下僕のように階段にしがみついた天使たちが喉を切っていくのを見て暇つぶしするだろうということを、永遠者はよく分かっていた。ただどうやって水差しの栓で巨人の脳を撥《は》ねればよいのだろう——どうしてこのことについてもっと前に考えなかったのだろう。軍の永遠者は巨大な蜂の体を乾かして、硬い皮の中身を取って作ったジェットコースターの車両を斑岩の山沿いに設置し、シジフォス氏の（有効なことに）余った力を親切にも使わせてもらい、いくらかのお金を回収するつもりだった。

永遠者が、急ぎ足とはいえ相変わらずおごそかな態度で向かうと、下僕の天使たちみんながラッパを吹き鳴らした。いちばん高いところに止まっている天使たちがいっそう恭《うやうや》しく、よっていっそう高らかにラッパを吹き鳴らしたので、聞こえた音の遠近感では、ラッパが一様な強さで鳴っているようにしか永遠者には聞こえず、まるで一段だけ並んだ下僕たちがラッパを鳴らしているかのようであった。

遠い昔から暖炉の反対側でシジフォス氏と対をなしているダナイデス[132]たちは、昔から持っている樽を太鼓にして叩こうと思ったが、あまりに長いこと昔から樽に穴が開いていた（でもその説明はおかしいわ、と彼女たちは思う。だってラッパというのは端から端まで穴が開いているから鳴るものじゃないの。となるとあたしたちの太鼓に穴が開いていなかったら、音を出すのはますます無理になるでしょう。それに軍の永遠者に飲み物は要らないですし）。

軍の永遠者が進んできて斑岩の山の方へと歩いてくると、具合が悪くなった。ダイヤモンドの球が本当のダイヤモンドになって、山の上で陽を浴びて頸《セルヴィカルマン》のように輝いており、大層な値打ちの物を作ったシジフォス氏が、辿り着けないはずの山頂で休んでいたからだ。永遠者が口を開くとシジフォス氏も口を開いたので、永遠者は話を聞くことにし、シジフォス氏は次のように語った。

「親愛なるご主人様、

『あなた』はあらゆる物をお作りになられましたね。ダーウィンだとか、機能に応じて新しい器官ができたり、元からある器官が発達したりする法則だとか、体操だとかトレーニングだとか、チョッピー・ウォーバートン[133]だとか。『あなた』が委ねたダイヤモンドの球はあまりに重かったので、何秒かすると手が疲れて、球を滑り落としてしまいました。落下している球の質量は素敵な法則によって増大するわけですから、私は後を追って走り、もっと遠くから仕事をやり直さねばなりませんでした。実に素敵なことです。

　ですが、手で持って運ぶと球の重さは変わらないので、この健康にいいスポーツに――『あなた』のお役に立つため――専念しているうちに、トレーニングのおかげで筋肉がつき、球はもう重くなくなっていたのです。言ってみれば速度の二乗に比例するかのように、命令された小皿に球を入れる能力が向上したに違いありません。

　贅沢なことでしょうけど加えて言うと、お作りになった山はとても高いので、地面から遠ざかり山頂に近づくと、球の重ささえかなり軽くなったのです。

私の務めは終わりましたので、『あなた』が支配する地獄での呼び物はなくなり、『あなた』はもう軍の永遠者ではなくなってしまいます。ですがご存知の通り、軍の永遠者というのは『天の軍隊《サバオト》』という言葉が誤解されて作られただけのものです。まったくもってそれで良かったということになるでしょう」シジフォス氏はそう言って立ち去った。

その山はいまだに存在している。イル＝ド＝フランス地方[134]では、観光客に指し示されるその山にはピーター・ボット[135]という名前がついており、芸術橋《ポン・デ・ザール》[136]の端には山のミニチュアがあり、そのまわりでライオンの石像が横になっている。シジフォス氏がついに球を「置か」なかったなら、永遠者は永久運動を作り出していたであろうが、それは大層なことだ。それ以来彼は、他のものを発明できないかどうかを模索し、少なくとも一世紀は長持ちする機械を人間とともに作ろうとしている。たくさんのことを試みてはいるものの、人前に出せる物はまだ何も見つけていない。だからいつも繰り返すのだ——ただ一人の真のシジフォスが。

羞恥心から額に手を当てて大きなまぶたを閉じるように、サングルは三枚の仕切り板を鏡の上に戻した。

三　人形の彩色

二年半後、サングルはノゾコムと一緒に小児病棟に入った。仲間と同じく、軍の作業服に似たインターン用の白い生地のロングコートを着る。二人は階段の曲がり角にいる看護婦たちにイライラさせられながら、まずはノゾコムの部屋を通った。どのベッドでも少女たちが前を見つめていた。病人ができる主な運動はこんななのだ。中央のベッドに横たわる大きな人形、といっても少女たちよりは大きな人形だけがただ一人、肖像画の人物くらいには賢そうな眼差しで訪問者の姿を追っていた。

少年の病棟に入ると、サングルはメスを手に取り、ノゾコムは看護婦に、皮膚剥離がひどい病人はいないかと尋ねた。看護婦は四歳の男の子が横たわるベッドの右側を倒し、毛布をめくってシャツをまくり上げた。サングルが少年の腹にメスを当てると、男の子はイメージをどこかよその、自分の透明な頭の中で追いながら、

「先生、痛いことするんでしょ」と言う。

ノゾコムはお座なりの優しい言葉をかけ、サングルは床屋のような手つきでメスを動かし始め、腹の右側から脇にかけて薄黄色の細かい鱗片をこそげ落として封筒に集めた。

看護婦が、機械仕掛けのベッドを囲む反対側の鉄の柵も開いたので、左脇の鱗片も集めた。

ノゾコムが言う、「看護婦さん、分かってるでしょうけど、外部の医者が鱗片を集めたなんて医局長に言わなくて

いいですからね。猩紅熱《しょうこうねつ》[137]を起こす細菌について、秘密の研究をしているんです」

サングルは傍目には暴行するような仕草をしながら、鱗片の粉がついた爪で看護婦の喉をつまんだが、彼女は笑って気がつかなかった。二人は手を洗って立ち去った。

四　大麻《ハシシュ》吸引者たちの会話

ピアストとヘレブは、ノゾコムの診察室のまわりにあぐらをかいて座った。サングルは机の後ろの隅に横になった。マルシュアス像は、中も外も内臓で犯された性器の上まで大理石の肉をまくり上げ、髪の毛にいくつかの円錐が連なっているようであった。像の台座の上でベンゾイン[138]や安息香や没薬が焚かれ、香りにつれて耐熱皿は黒から赤に変わった。香りは部屋のまん中で円柱を形作り、隅に身を寄せているサングルの近くまで、波打ちながら来ては消えていた。

ソファの上に犬を連れた娘がいた。

ノゾコムが「ほら、太守《アケム》だ」と言って、大麻《ハシシュ》の丸薬という聖体を、ポーランド人詩人のピアスト、ドイツ人哲学者のヘレブ、そしてサングルに授ける。

一時間待ったところでノゾコムが飛び上がり、俺の部屋には売女も犬も、何といっても売女の犬も要らないと叫び、犬と娘をドアまでつまみ出した。すると会話が始まった。

ノゾコム

「千八百年に……千八百万年……から……空《から》の幾千ものガラス……」

ピアスト

「懐中時計のガラスが幾千動《ヴイブリアール》してる」

ノゾコム

「懐中時計の中に象がいる！　お前はなんて馬鹿なんだ……懐中時計のガラスの中に象が四頭いる」

ピアスト

「『アホを称えるドアボーイはいつもいる……』」

ノゾコム

「イルカはサン＝ミシェル大通り[139]の角に住んでいる」

ピアスト

「見本として勝ちたいのはオスマン大通り[140]」

ノゾコム

「通りはそれをびんのガラスだと間違えてる。見本で自由詩《し》があるぞ」

ピアスト

「通りにびんは要らないよ、自由シガーで身を清めてるわけだから」

ノゾコム

「馬鹿だな、そんなの見たことないじゃん」

ピアスト

「ジャンの馬鹿」
ノゾコム
「フランネルじゃなくてフニャディ＝ヤーノシュ水」
ピアスト
「フランネルは足にできたタコみたいでもう着られないよ」
ノゾコム
「明日からお前はフランネルを着るんだよ」
ピアスト
「明日からだって？　俺たちは今日という日からもう出られないよ」
ノゾコム
「お前は因果関係を保ってるのか？　頭を抱えてるじゃないか」
ピアスト
「言葉でできたパリの中で、考えを説明し合おう」
ノゾコム
「基本は炎だ。お前は影か光のまん中にいる」
ピアスト

「何のまん中にいるって？　たぶん二、三百年後だ」

ノゾコム

「お前の仲間は気取らない」

ピアスト

「奴にまた会わなくちゃ」

ヘレブ

「そいつを人前に出させたらどうだろう」

ノゾコム

「お前、炎の話をしてたと思うけど？　お前は水中にいたんだよ」

ヘレブ

「お前は二カ所同時に入り込むのか？」

ピアスト

「まん中に紙のたがが二つと……だと思う……　まん中に……」

ノゾコム

「連・続・的・に」

ヘレブ

「彼が奴にまた会ったぞ」

ピアスト

「彼のことは放っといた。原っぱに向かって座ってるから、道に背を向けていた」

ノゾコム

「でもお前がまん中にいたら予想できなかっただろう」

ピアスト

「曲がりくねるはずのない図式があるんだ」

ノゾコム

「お前が俺に何かを説明し始めてから十五年経つぞ」

ピアスト

「十五年経つだって？……」

ノゾコム

「俺に何かを示したいのか？」

ピアスト

「カルカス[141]虚無を」

ノゾコム

「やれやれ、密輪する時は、自分の言葉を削れるようにしたらどうなんだ」

ピアスト

「ポーランドの賢者《けんじゃ》……」

ヘレブ

「ポーランドのケンケンパ……」

ノゾコム

「お前がポーランド万歳と叫ぶだけで……」

ピアスト

「お前はロシアの足。一足《フイート》半だ」

ノゾコム

「それを引っ込めろ」

ピアスト

「半分引っ込めると残りは四分の三足《フイート》。はは！　奴から四分の三足《フイート》奪ってやったぞ。お前は足だ、足にできたタコだ。だからお前はイシサンゴ、イシタンゴ《マドレコロー》、嫌《いや》な足《あし》にタコなんだ！　結論としては、お前には分からないし、お前は足にできたタコなわけ」

ヘレブ

「奴の足先どっちにも五人の死体があるぞ！」

ピアスト

「お前は頭の中でたれ込んでるんだよ。お前の小指にはオベリスクがあり、足にはタコがある。小指にはエボナイト[142]がある……」

ヘレブ

「何があるって？」

ピアスト

「神聖な井戸《いど》だよ。聖霊は魚じゃないから、聖水の中で泳ぐんだ。聖霊は金魚なわけ。優雅さとは発展だ。後ろから前への」

ヘレブ

「優雅さとはハッテン場だって？」

ノゾコム

「後ろ前だな」

ピアスト

「その普通選挙とはいったい何だ？　普通選挙というのは、毎日一スー出してその日の新聞を買う選挙方法のことだ。「時代《タン》」誌とか「一日《ジュール》」誌とかあるだろ。その日の新聞が二誌になるわけ」

ヘレブ
「そしたら時間はどれだけになるんだ?」
ノゾコム
「何でこいつはもっと大きなことに気がつけるんだ?　こいつは自分を創痍《そうい》にしていたぞ」
ピアスト
「お前の目に梁が入ったら……」
ノゾコム
「梁の寸法次第だということは分かってる」
ピアスト
「明らかに思えるのか?　目に梁が明らかに入ってるとは思わないのか?　印刷された文字は変えられない」
ノゾコム
「こいつは自分を創痍にしていたぞ」

会話は計り知れないほどの沈黙で中断されながらも、あまりに早いスピードで交わされていた。大麻《ハシシュ》を吸う人たちには、おそらくはおびただしいイメージのせいで時間の概念がなくなり、何十億年もの年月を豊富に備えているので、分や秒をとどまることなく三百年で支払っていた。彼らにはもう距離の概念もないので、映画《シネマトグラフ》の振動でしか順応は行われず、どこかの岸に上陸するには、肘掛け椅子の腕に手をかけたまま大航海をしなければならない。ノゾコムが言った最後の言葉は新語か死語で、しかも明らかに意味が分からず、後には沈黙が続いた。四人の意識はまだほぼはっきりしていたものの、隠れ場所にいて彼らほど香料を吸っていなかったサングルが、話を聞いてメモしていた。みんなはもっと幻覚を見ようとして、いろいろな方法を試した。

火に蓋をして鍋の下のアルコールランプを消すと、暗闇の中ですぐさまノゾコムがリズミカルなストロークを始めて、床が揺れた。

まさに列車が走っているような音が聞こえてきた。ピストンがぶつかる音や汽笛がシュッシュッという音（どこのミュージック・ホールでもおなじみの物真似だ）が聞こえて、こんな言葉が交わされた、

「オーギュスティーヌ！　オーギュスティーヌ！……　どこに行くの？　どこに行くの？」

「パリに、パリによ」

現れた赤信号は、ノゾコムが吸っている葉巻だった。

「奥様、煙の匂いがご迷惑ではないですか？」

「怖い！　列車同士がぶつかるわ！」

「パリです、皆様お降りください」黒人の召使が、葉巻を離して挨拶しながら言った。

連想を誘う音ではあったが、初めて軍用列車に乗ってアリュアンやメーネンに向かったことを、サングルはもう思い出さない。彼の乗った列車は夢の国へと昇っていく。

他にも幻覚が意図的に続けられる。隣の部屋から聞こえてくる会話だ。

「死者ミサを聞け」

ノゾコム

「足をそろえて、棺に入れろ」

ピアスト

「そいつの前に足が来た」

ノゾコム

「そいつの体から生きの悪い匂いがする」

火をつけ直したが、大麻《ハシシュ》の国は夢の列車で運び込まれ、今では部屋の中にある。空気は純粋なグリセリンのようになり、地図で大陸を眺めていると、サングルと他の三人の体全体が、一二センチの厚みがあり、まずロイ＝フラー[143]色、次いで暗紫色をした流体の暈で包まれる。流体があることにサングルが気づくのは、身振り手振りしている人が近くに来ると、外在化している自分の感覚にぶつかって痛いからだ。

ヘレブは死者の列を表そうとして、ドアを通って一人で前に進んでおり、その顔は厚く暗い層で曇っている。棒に寄りかかってから、棒の両端を摑んで水平に持ち上げる。

ヘレブ

「首を吊れ」

ノゾコム

「憲兵隊司令官」

ピアスト

「溝《みぞ》の中だ。未曾有《みぞう》の状況だな」

ノゾコム

「鉄棒を作ってるのか？」

ピアスト

「奴は足のタコをまっ直ぐにしている。足のタコとは歩く釘みたいなもんだ」

ノゾコム

「奴は進行麻痺を起《お》こしてる」

ピアスト

「進行麻痺のお菓子《かし》だって？」

流体でできた光輪に包まれたヘレブが、大きな梁を振りかざしながらサングルの方に歩いてくる。それが自分の光輪に当たって痛いので、サングルは腕を上げて頭の方にやり、離れたところにある自分の指をヘレブの目めがけて投げつける。

ヘレブ
「うわっ！　釘が！　緑の釘が！　俺の体に打ち込まれる……」
ピアスト
「お前たちの足の裏には釘がある。頼みの足板でもある。棒を持っているお前は野蛮人だ。お前が野蛮人ならお前は板の人、野蛮なワアワア人、野な《アダブア》ワア」
ノゾコム
「奴は東屋で木だ木だ吠《アボワボワ》えてるぞ」
ピアスト、身振りしながら
「木を持った人よ、木の部屋で俺と一緒に木を作りにおいで」
ノゾコム
「野蛮人が四人と、森の伍長が一人」
ピアスト
「はは！　森の伍長だって！　そりゃせいぜい庭の小びとだな」
ノゾコム
「二人トモ神秘ナリ」
ヘレブ

「いやはや、お前さんよ」と、おかしな世の中のような紫色の層にぶつかって言う。

サングルは狂った会話をもう聞いておらず、一点を見つめていた。木を持った男も同じ様子で、棒のまん中を持ってゆっくり回しており、物体を取り巻く光輪が超自然的な流体でできているせいで、棒がほぼ垂直になると、二つの円錐が頂点で反対に突き合わさった。輝いて立つクシペユズ星人[144]が生まれたわけだ。野蛮人はねばねばする空気の中で見事に話したが、一つの言葉と次の言葉との間に三百年が流れるので、サングルは永遠の中で話を聞いていた。

野蛮人

「凄まじい霧が見えた……　ああ！　息が詰まる、ああ！　なんて素敵なんだ……ああ！　なんてそのままなんだ！　おお中心。それは一つの分子だ。中心ってのは素晴らしい。中心は、ああ！　美しい。おやおや！　中心だ。おお、神の中心。とその周縁だ。周縁には中心が一つだけ。庭がある。おお、運動で疲れてきた。周縁知覚《ペリフエレステジー》を感じるぞ……おやおやおや」

九百年が経ってから他の男たちの方に歩いていき、尊大な神のようにあっさりと言った、

「俺は野蛮人だ」

九百年が経ってから、

「ああ！　ほら落ちるぞ」

べとべとしたエーテルの中を、棒が九百年かけてゆっくりと落ちる。

「俺の杖のまわりに氷がある。ああ！　回ってるぞ。俺の考えのまわりを回ってる。でも俺の考えは丸くない。五角形だ。五角形は直線からなる。考えというものは道じゃないから、曲がりくねってはいない。それは繋ぎ合わせること、靴底を取り替えることなんだ……」

彼が表面ではなく**周縁**と言ったこと、それゆえクシペユズ星人は生きていることについて、サングルは考えを巡らせていた。男の流体がサングルにぶつかったので、男はひどく痛そうに呻《うめ》き声をまた上げて、
「いやはや、お前さんよ」
と言い、不透明な霧の中に何年間かまた姿を消した。
ノゾコムとピアスは議論を交わしていた。

ピアスト

「エスカルゴは足を使って物を見るんだ。日中はナメクジに変えられて、カタツムリだった。まん中だ、俺はずっとまん中を握ってるぞ」

ノゾコム

「野蛮人が俺らの話をさえぎる」

ピアスト

「でも俺をまっ直ぐ横切りはしない。繊細だな」
ノゾコム
「俺らは三日前からここにいる」
野蛮人
「おお、俺の棒が」
ピアスト
「お前の棒《バトンプ》ちるぞ」
野蛮人がますます近寄ってきたので、サングルはさっきと同じように磁気で突きを入れて、身を守らねばならなかった。
野蛮人
「ああ！　やられた、この釘め……　釘、氷。だってそうだろ、緑の釘だぜ」
さらにサングルの方に歩いてきて、軽蔑しきった調子で言った、
「俺のことを観察してるのかね？……　ああ！　こいつ自分の影を使って俺を蹴りやがった」
意識のはっきりしているサングルは、彼にエーテルを吸わせてやろうとした。
野蛮人
「煙が変わったぞ」

三百年経ってから、

「ああ！　香りを駄目にしやがったな」と青息吐息で言う。

それでも野蛮人は、二つのドアの間を一晩中行ったり来たりした。サングルは傘を開いて床に置き、緑のバリアーだと彼に言った。野蛮人は何万年もの時間に閉じ込められたと思い、しだいに年寄りになる方へと進んでいくと、体が萎びていくので棒にすがりついた。ドアに鍵がかかっていたので、ノックして言う、

「開けてください、こいつは死んでるんです。しょうがない奴だな、この腸をどうしちまったんだ？」

ピアスト

「そいつの背負《しょ》う腸は雨あられだ、腸を燃えさせろ」

ヘレブ

「お前たちは葬列の死人から腸を繰り出して、ボビンに巻きつけた。何でお前はボビンから糸を繰り出してるんだ。こいつはボビノ座[145]でボビンから糸を繰り出してるぞ」

ノゾコム

「奴には本能小腸《アンスタンテスタン・グレル》がある」

ピアスト

「ポンポトーという名前の機動隊員と知り合いになったことがある。ポンポトー、機動、徒歩《とほ》、移動」

ヘレブ、ドアをノックして、

「いるというのはうわべだけのことだ」

ピアスト

「奴は自分の名前を言えなかったのか？」

ノゾコム

「通りでデモをしてはいけない」

ヘレブ

「開けてください、死人がいるんです」

ピアスト

「何で三回ノックするんだ？　四足す二は六で、六割る二は三」

ノゾコム

「比喩《メタフォール》だな」

ピアスト

「フェリックス[146]！　フェリックス！」

ノゾコム

「何だって？」

ピアスト

「親愛なる友よ、あるのは三つの何だ、三つの何だ、三つの……？　ウンカがフランス語を話す時の話し方だな……運河《うんが》、お前の前を流れるもの。お前は流れ出てたぞ」

ノゾコム

「俺は流れ出てなんかなかったよ」

ピアスト

「運河と比べてるんだ。お前は運河と平行だ。しょうがない奴で、お前が馬鹿なのを見抜いてる」

ノゾコム

「奴はお前の阿呆さという自転車に乗って、俺の馬鹿さを越えていく」

ピアスト

「ダカラ俺ハ獅子トイウ名前ナノダ」[147]

ノゾコム

「ジュール・シモン[148]よ、あっち行け。二本の平行線が平行となる条件は、向きが反対であることだ」

ピアスト

「合成するため話せってば」

ノゾコム

「奴はお前の平行合力《パラレリレジュルタント》なんだ」

ピアスト
「退屈だ！　何の結果も出やしない。鼻メガネのサラダは要るかい？」
野蛮人がドアの向こうで、
「おお、釘はガラスでできてるわけじゃない、釘を抜いてくれ、おお、小さな釘をどけてくれ、釘の道化《どうけ》、フーティットよ……」[149]
ノゾコム
「地獄とはきっと休みのようなものだな、だってそこで何をすべきか分からないもの」
ピアスト
「洒落てると思ってるんだろ。諷刺だ！」
ノゾコム
「地獄ってのはうんざりするものではないんだよ」
ピアスト
「それが唯一ありうることだから」
ノゾコム
「じゃあその何かを知りたかったのかな、野蛮人は」
ピアスト

「それが知りたくて何で入ってきたんだ？」

ノゾコム

「何かを知りたいのか？　地獄は十次元空間でできている」

ピアスト

「お前の次元をよこしてくれ、立派なやつが少なくとも九つある」

ノゾコム

「三つあって、次は凹みだ……」

ピアスト

「タイヤ……」

ノゾコム

「時間……」

ピアスト

「逆もまた然《しか》り。現在には空間の次元がある」

ノゾコム

「論理とは推論におけるハンマーだ」

ピアスト

「人を殺す論理だな。さあ、もごもご言ってみろ、根茎ツツジ《リゾモロドダンドロン》って」

ノゾコム

「公共の場でコンケ《アンリゼ》にされちまう」

ピアスト

「奴は……何もない」

野蛮人、入ってきて

「コーヒーが漉されるのは、繊細だから」

少しも言葉を発しなかった他の大麻《ハシシュ》吸引者たちは、ゲロまみれの床に寝そべっている。香料は鍋にぐちゃぐちゃと積み上げられ、悪臭に変わっている。

「目玉焼きを作ってるんですか？」とピアストがノゾコムに聞く。

サングルの意識がいちばんはっきりしていた。というのも、大麻《ハシシュ》を吸った状態がより優れた状態なわけだから、それが彼のいつもの意識状態にいちばん近いからであり、単に逆に言えば彼はほとんど普通の人になって、メモをとった。太守《アケム》が虹色の泡で息を詰まらせるので、窓を開けて空中に泡を発散させたくなる。他の人たちは「さまよえるユダヤ人」[150]になって歩き回ったり、猛り狂ってわめいたりしていたが、「あいつが身投げするのを止めろ」と叫ぶ。

野蛮人は興奮から覚め、もとのドイツ人哲学者ヘレブに戻っている。部屋の隅を飾っていたフランスの国旗を頭の後ろでまくり、それを広げて

「フェリックス・フォール万歳！　共和国万歳！」と叫ぶ。

ノゾコムは国旗を取り返すと左側三分の二を巻き、残り三分の一を身にまとって、「これでイギリス人だ！」と叫ぶ。

「国旗を燃やそうか」とサングルが言う。

「国旗は永遠だ、祖国だからな」とピアスト。

「それならわざわざ燃やさなくていいな」とサングルは思った。

三色の線が引かれた紙ランタンを見つけたので、火を灯す。

ピアストが言う、「このランタンは、光る穴のまわりに国旗があるな」

みんなはランタンを国旗の竿の端に引っ掛け、これを野蛮人の二本目の棒にして、ヘレブは急ぎ足でまた歩き始めた。サングルがお決まりの部屋の隅にまた横になっていると、ヘレブが「中心」を固定し、ランタンの円形の冠でせばめられた明かりが白い天井を照らすと、本物の月よりも白く大きな月が現れた。月のまん中にある黒い物は竿の端についている銅の飾りで、それは薪を背負った男か、二つの軒蛇腹に貪欲な生き物をたくさん載せている、不思議な建物に見える。

太守《アケム》が呼び出した、死をもたらす月は部屋の中にあり、サングルはこの月を折り畳みシルクハットのように畳んで、

丸いケースの中にしまうことになる。太守《アケム》はひどく年を取り、背中が床下まで丸まってしまった。窓は朝の誰もいない歩道に向けて開け放たれている。ノゾコムはベッドの角に座って身動きせず、サングルは床の上で眠っている。最初に通りがかった人たちが目にするのは（ノゾコムの診察室は一階にあるのだ）ヘレブの姿で、ランタンもろとも床に倒れ込んでいたのでランタンは燃えてしまっていたが、竿の端の銅を兜の角飾りのようにしている彼は、そのドイツ人的な体にフランス共和国を表す布を掛け、楽しそうに鼾《いびき》をかいている。

五　サングルからヴァランスに宛てた手紙

「親愛なる弟よ、これが自由龍の鱗で、君はこれで身を覆わなければならない。体のどこか一か所に移植すればよくて、シナノキのお茶っ葉に気をつける必要はない。目立たずにちゃんと移植するのにいちばんいいのは、思うに次の方法だ。

自転車に乗って遠出した時、僕らは手を洗って、カリ石鹸《せっけん》と細かいおがくずの束で自転車の油を落としたことがあったね。あのおがくずの束の一つで腕の感染したところをこするか、鱗の細胞にいちばん近い組織だからもっといい脇腹の、僕らにはまだ毛が生えてないところをこすらなければならない。すり傷ができるかわりに血が集まってきて、心臓に猩紅熱をもたらすんだ。体の上に軍服をまとったり、体の中に銃弾を一ダースも食らったりする目に遭うよりマシだよ。君がちゃんと病気になるよう、愛情込めて願っている。

サングルより」

六　僕には他にも雌羊がいる

（サングルの手紙の続き）

「追伸――黄色い細かな菌類や他の楽しい断片が入った封筒も、後で届くはずだ。君のところの伍長や分隊の隣人たちがかぶるケピ帽の内側をこれでこすると楽しいかもしれない。すぐさま円形脱毛症や白癬《はくせん》にかかることだろう。爪の間に黄癬を溜めておいても、軍人の頭部専用に作られたブラシで親しげに掃《は》き出せば安全だ。特別な輸送用具に納めたプラバッツ注射器[151]には、ジフテリア菌[152]の培養液が入っている。猩紅熱を起こすたわしで体をこすっても効き目がなければ使うといい。こすったせいで、除隊して自由になった数カ月後に死ぬことになるけど、部屋の水差しの水が入ったこのちっぽけな浣腸について、みんなに教え込んでやるといい。水でうまいこと運べるかどうか、ノゾコムは知りたがっているよ……　では改めて、君がちゃんと健康になるよう、愛情込めて願っている。

サングルより」

ノゾコムはサングルに説明した、

「枯草菌とその培養液を郵送するには、日本の懐炉を使うのが唯一の方法だ。

というのも、培養した細菌は一定温度にないと生きたまま保存できないので、何よりも温度計算が必要だからだ。日本の懐炉というのは、日本のどこの市場にもあるけど、手のひら大のブリキの箱に五つの穴か管があるものだ。特別なオニオンスキン紙でできた五つの巻物と一緒に売られてて、紙はぎゅっと捻ってあるから、巻物は煙を出さずに八時間燃え続ける。

何も見えないかもしれないけど、箱の中はずっと四五度に保たれるんだ。培養液を入れた容器を懐炉にくくりつけておけば揺れないし、五つの穴を広げれば、四五度以下の好きな温度に下げられる。

懐炉に容器をくくりつけるのと同じように、木箱に懐炉をとりつけるのがいい。木箱は見えないところに穴が開いているけど、空気を溜めていて防寒性があるから、もし受取人がパリから八時間以上かかる所で入隊していても、急に冷めたりしないんだ」

七　謎のカード

次のような錬金術を広めようとしたせいで、よろず屋ドリカルプは五月に死んでいた。

霧に包まれたシャン＝ゼリゼ大通りに、自転車に乗っている人たちがいる。売り子たちが、帽子につける三角の飾りを差し出している。ドリカルプは、まるで灰色の沼を滑るスケーターか夜にうろつく情夫のように、ズックを履き、つやのない陽に照らされた金色の目を伏せて歩く。パンフレットを綴じた冊子を売ろうと、上目遣い《アノブレパス》をしながら、手持ちのカードを見せる仕草で差し出す。彼は公衆便所の後ろで売り込み文句を並べ始める。

「そこのあなた、除隊を申請してごらんなさい、これを使えばバッチリです。大安売りいたしましょう。このちっちゃな冊子は、グナデンタール病院のシェフェール先生による講演を、ノゾコム医師がまとめたもの。トリックが全部書いてある。アンブロワーズ・パレ[153]が挙げている、乞食のふりをした人が動物の腸の端を垂らして、脱腸していると思わせるトリックから始めて全部です……　（妙な小さな金物の束を振って）口琴はいかがでしょうか。この楽器を歯の裏に隠すと、顎の一方に留めるだけだから見えなくなる。口を開けても見つからない。聴診医が耳を当てると、第三度の結核で生じるパチパチという雑音が、息を吸うたび聞こえるようになるんです。いかがでしょうか……

それよりもこのマニュアルです（とズボンの汚い前開きから、ダイヤがまぶされた銃床のある金のピストルを取り出すと、マニュアルは弾倉という六つの穴の中に隠してあった）。この小さな青い本には、人間離れした発見がいろいろ書かれております。おぼつかない科学の泥にまみれた、医学部卒のヤブ医者どもには、五百年経たなきゃ分からない発見です。一つ目は、一日だけ身長を三分の一縮める方法。二つ目は、指定の注射を打つだけでお好みのあいだ体を麻痺させ、死後硬直と腐敗まで起こす方法。三つ目は、スヴェディアウル[154]が予見して、かつて役に立ったことがもうある方法……　自由になれる秘訣が一つにつき千フラン。マニュアルは一冊限り有効で、七十秒間で読む間に、リンで書かれた文字が空気に触れて自然発火し、紙と一緒に燃えてしまいます……」

ドリカルプが便所に若い男を連れ込んだのを見て、巡査が駆けてきた。

「六つ目は……」

二枚のスレートの仕切りの、卑猥な言葉がびっしりと落書きされている内側の角に、ドリカルプの脳が淫らに飛び散った。詩人である若い男が金のピストルを手にしたのだ。正当防衛ということで男は後に無罪になった。

八　恋人《ドゥルシネア》への途上で

赤い机の上でランプが灯り、コオロギの鳴き声を上げた。壁には黄緑色の壁紙が貼られていたが、それは苔に棲む昆虫が鞘翅《さやばね》から鳴き声を上げるようでもあり、結晶状の心臓のある硫黄でできた胴体が密かに裂けるようでもあった。

壁から見ている白い仮面に赤銅色の黒がいくつかのほくろをつけると、鋳型の下にヴァランスが現れて生き始めた。外角に向かって眉を少し上げ、目を伏せたまま煙の影のような魂を涙のように少し流すと、涙はまつ毛からひげのない口もとや顎をつたってサングルの方へと垂れてきた。するとヴァランスの口が考えた。

葉っぱと同じように、口だけはどの人の顔でも違った形をしているが、唇の動きにまかせて曲線を引いたり、実際の唇を動かしたりすることで、誰もがいつも何かを表現しているわけだから、口というものは絵の描き方を知らなくても描けるパーツなのだ。話し合う二人の声が同じであっても、口の形は違っている。二人が話しておらず、口が口のままでいる時があるからだ。オーレーにいた卑しい聾唖女たちは、言語という約束事に軍隊式に服従させられてしまった人々の唇を見張ってから、同じ動きの体操を幾何学的に行うことで返事をしていたものだ。

ヴァランスは黙っていたが、まさしくそれが自由なヴァランスの「沈黙」による声だった。

すると石膏で型取りした唇の方が赤い唇よりも雄弁なことが、物質的に示される。というのも赤い唇は光を飲むが、実際は黒い。だが仮面の口は、一緒に吸ったすべての陽光と、読書をした机の上で燃え尽きたすべてのランプからなるキスを、サングルに投げていた。

その時サングルは（病気に感染させることを思い描いたがうまくいくのかどうか、生命がなくなったようにちょっと見せかけつつ生命を保存するには、ブリキ箱の中で和紙を燃やすだけでいいのかどうか、考えはしなかったが）、二年半前の自分がしたように、灰色の煙でできた台座の上で弟が自由に目覚め、逃亡するような気がした。

そこでこの過去を生き直すため、サングルは仮面の方へと伸び上がった。体がやって来たものの、壁の抜け穴から入れないので頭だけ出しているわけではもはやなく、サングルは二人の机の上、二人のランプの下で、弟の脳と魂を手に収めた。

白い顔はまっ白なベッドがでこぼこしている病室そっくりであり、鼻穴は膝を合わせて立てたようで、額は白い毛布のように魂の上に引かれていた。

ヴァランスは相変わらずランプからなるキスをサングルの目に送っていた。鞘翅が立てる相変わらず生き生きとした鳴き声は、兄弟が最後に二人で散歩した思い出がよみがえったものだった。原子のざわめく音が、硫黄でできた多面体の回廊に棲む小さな黄色いコオロギの鳴き声のようであり、天体が奏でる音楽にはさらにそっくりであった。

頭はじつに孤独で、じつに丸裸だった。ヴァランスの知性であるこの頭をサングルは手で包み、軍規通りに蛹《さなぎ》がまとう赤色と青色の外へと持ち上げた。

頭はあまりにもと言っていいほど孤独で丸裸だった。ヴァランスの魂は（サングルはいつも生ないし魂を、心臓の鼓動に似た動きがあるかどうかだけで見分けていた）壺から水が漏れるように、唇の隙間からただ漏れ出ていた。ヴァランスの全存在が部屋にある時、彼の魂は褐色と青色の大きな蛾になり、羽を外角の方に高く上げ、眉毛とまつ毛を対にしてひらひらと羽ばたくので、二つの黒い沼のような目という、驚くべき目玉模様が見え隠れしていた。

サングルは沼と、沼の上を飛ぶ生き物が大好きであった。彼はサン＝タンヌへの途上で、違うものであれ同じものであれ、沼がまた見つかるかどうかは分からない、と考えたものだった。

石膏像の額の端に、一本の巻毛が埋まったままになっていた。サングルが撫でさすると、そのすばらしい蛾は、初めて見た脱走する夢に出てきた、昔と変わらない木のような、黒い巻毛の羽根である口吻をサングルの方に伸ばしてきた。蛾が生き生きとして口吻を丸めると、それは人差し指を曲げて、こっちにおいでと合図するかのようであった。

中国に住む未知の民族についての民族学……強風が吹いてはいけない……

ランプの鞘翅が発する鋭い鳴き声が早くなり、長く続くようになって、あたかもトリルで曲が終わるかのよう。

自由であることが、今や隔たりを越えて見分けられるようになったので、サングルは身を乗り出し、弟にありったけの愛情を示そうと、響く光からなる優しい口づけをした。

石膏でできた口が肉でできた赤い口となり、神に捧げられた酒を飲むかのようにサングルの魂を飲む。ランプは赤くなってから黒くなり、鉄は目の中で消え、涙の蒸気が空気で揺れていた。

唇は一瞬赤くなった後まっ青になり、サングルの黒くなった唇に冷え冷えとくっついた。補い合うものがあまりにも多かったのだ。

たくさんの雪がばらばらと崩れた後、机がひっくり返り、サングルは地べたにいた。今度の雪は、共用病院のベッドで飲んだ、舌の上で微かな音を立てるカフェインを思い出させた。細かな剥離片の中に顔をうずめると、いくつかが顔に貼りついた。

「どうして口は赤くなって僕の魂を飲もうとしたんだろう。肉の仮面を顔にはめた時、僕の魂は後頭部から漏れ出ていたのに」

そこでサングルは自らの殺人に唇を重ねながら、爆弾の芯のように消え失せた「自我」の方へと、夜の中を手探りするのであった。

九　プリュドム氏[155]によると

ここでサングルのはっきりした回想録が途切れているので、われわれはプリュドム氏にサングルの物語の結末を尋ねた。

回答は、「老化とは幼年時代の根底をなす観念であり、相反するものは同一である、云々」というものであった。同じことをすでにリボー氏[156]が生理学的な観点から説明していたので、サングルが思い出で生きていたこと（また先程の見事な表現に従えば、思い出で死にそうであるらしいこと）が分かる。

鐘楼はポプラに似ている。

頂きに立つ金色の聖女像は……

聖アンナは建築物と白紙を司る。

フランス共和国

自由　—　平等　—　博愛

パリ公立総合病院総務

施設名

担当者

聖アンナ施療院

患者名　　　　　　　　　　　　　年齢　　　　　　　　歳

職業　　　　　　　気質　　　　　　　体格

18**年　月　日入院　　　病室　　　　　　病床番号

日付

病歴

「サングルなる人物は健康な両親から生まれたが、過度の生殖活動のせいで心臓に障害をもつようになり、兵役免除を余儀なくされた。（一度も懲罰がないほど）優れた兵士であった本人としては、大変遺憾なことであった。知能障害の兆候が現れたことは今までなかった。こんにち激しい狂気が患者を襲っているのは、机で作業をしている時にきわめて重い石膏像が壁から剝がれ落ち、頭蓋に強い衝撃を与えたために違いないということが、調査によって明らかになった……」

サングルは中国の本で、ある民族についての民族誌学を読んだことがあった……海の彼方に飛んでいってしまう。

終

絶対の愛　小説

一　闇よ、あれかし！

その男は石造りの星の枝の一つを宿にしている。

サンテ刑務所[001]だ。

死刑を宣告されているので、枝には死刑囚が目録されている。

石化したヒトデは開いて星の鏡となるよう、星の出る時間をひたすら待った。

太陽が規則通りに沈むと、憲兵がいるので釣り人は触覚を引っ込める。自転車乗りと辻馬車の御者は、恋するメスのツチボタルになる。星の軸を操る電気技師は催眠術師のしぐさをし、両眉の間に人指し指を当てて、人を死の模倣から呼び起こす。

サンテ刑務所は、百の眼を持っていた巨人アルゴス[002]に似ている。

その男は石造りの星の枝の一つにある小さな星を宿にしている。人間とは、ヒトデの腕についている花のような吸盤なのだ。

最後の頚椎が開花し――とヘッケル[003]なら言うだろう――最後の日々のうちの一日に開花し、どんな花とも同じように向日葵《ひまわり》の動きに慣れる。

ランプの方へ。

独房のつくりはとてもモダンで、イギリス趣味に整えられている。つまり質素な家具には白いラッカーが塗られており、壁は淡い色。

壁に装飾品はないが、天井には太陽が掛けられている。

太陽なのか月なのか分からないが、ともあれ一つの天体なので、時刻に応じて昇ったり消えたりする。

どんなに観察しても、その天体の固有運動は見つからない。

恒星だからだ。

世にあるどんな星よりも高貴な星で、天上か冠か、あるいは最後に授与される王冠であるギロチンの刃のように高いところに位置している。

「天頂」という名の星だ。

星雲から生まれた星ではない。

人間がこのランプを灯す油なのだ。

死刑囚を収容している区域に死刑囚が一人もいなくなるなら、**サンテ**刑務所の石造りの空から星が一つ消えることになる。

モーセはまさに固体の天空[004]と言っていた。

この星の下にいる人間は誰であれ、そいつの情状がどうであれ、重要人物《星を見る》だ。

星を一つ作ったのだから。

その男は天文学者ではない。天文学者は後から星を発見するだけなので。

そいつの将来のせいで星が輝いているので、むしろ占星術師だ。

神の種類に属する人間ということになる。

だからどうかは分からないが、いちばんの理由としては神《デュー》というのがその男の本名であるので、ドアには
「**エマニュエル・デュー《神》**」と書かれている。

神《デュー》は自分の天体で少し目が眩む。

海洋博物館やルーヴル美術館では、首切りされた灯台のように回転する舷灯を持って展示室に閉じこもることができる。

大きなホタルかユカタン《ランタン持ち》ビワハゴロモ[005]が、あなたの透明な角膜に時々しつこくぶつかってくる。

大きな目がまばたきするので、お返しにあなたもまばたきする。

幸いなことに、その目は催眠術師の目にしては断続的にまばたきし、小鳥寄せの鏡にしては強すぎる光を発している。

神《デュー》は眠りたいので、自分の天体で少し目が眩む。

なので自分の目という海の中に二つの舷灯をひっくり返して消す。

こうして大蛇は、隻眼の蛇の片目にして宝である紅柘榴石を隠して、泉に水を飲みに行く。

エマニュエル・デューは、古いレーテーの河である眠りをかりそめの永遠として使う。

刑務所は星型に分岐しているとはいえ、その中に収めるには「永遠」にはあまりにも延長がない。

だから曙になると中庭で待つようにお願いされるのだ。

「プラットホーム」は「永遠」の方へと、町の前に並ぶ橋脚という波消しの鋭い柵を、河口に要塞を築くように伸ばしている。

オルフェウス[006]は毛皮の絨毯から起き上がり、町は街灯の下でうなりを上げ、地上の神《デュー》によって天空の下に作られた星は、地面の半島となって上部の水の中に突き出て、蝸牛《エスカルゴ》の目が伸びるように、天空で輝く星々の方へと伸びていく。

戦う星が凱旋の星に向かうので、全体が目になっている街灯の頭は、臍《へそ》の形をした首から自分を解き放ってくれるように乞い願う。

破裂して、ほとばしる尾を引きながら飛ぶ彗星とは、解き放たれた街灯にできている湿疹かもしれないではないか。

無尾類[007]の彗星とは天使である、と何人もの人が言っている。

エマニュエル・デューは、自分の頭が飛び去る恒星時を待っている。

……とはいえ彼が殺さなかったか、殺したと理解されなかったとしたら、彼が宿とする刑務所は自分の頭蓋骨でしかなく、彼はランプのそばに座って夢を見る男でしかない。

二　さまよえるキリスト

「生活手段は何ですか」
「資産は全然ありません。
家も金もなく、
財布の中には五スーだけ。
これで有り金全部です」
シャルル・ドゥラン008『よきフランドル人の物語と伝説』より

蝸牛《エスカルゴ》の内部へと一歩。

彼は、星へと向かいその天底の飼い葉桶に辿り着いた三博士なのだろうか、はたまた魔法の「頭」を集めにきたところ、地下室の庭で見つけた宝石を背負ったアラジン009なのだろうか。

いや、最後の夜明けを案内する者ではない。

彼は一人きりだ。

壁に穴を開けるファリア神父010とかでもない。

壁の鏡には皺《しわ》一つない。

彼は永遠に投獄されている者でしかありえず、彼の言葉はどれも取調べに答えているのだ。

歩いているから、足止めされるのに気がつく唯一の人。

アハスヴェルス[011]だ。

エマニュエル・デューは幻と話し合う。

伝説上の人物は自分の伝説か沈黙でしか答えることができず、伝説は裁判官に聞かせるものだから、彼は独り言を呟く。

エマニュエルは「沈黙」に対して次のように告白する。


「俺は神だから、十字架の上で死ぬことはない。

死に対しては無力で、没薬を受けるに値しない。

子供時代から三十三歳までという秘められた期間に代わりを務めなければならない、名もない神だ。

この期間が知られていないのはたぶん、当時、**もう一人**がその時期を生きることを望まなかったから——か、生きることができたから、というだけだ。

亡霊が未熟な身体を横取りするように、たぶんそいつは受肉して、空間の二つの境と時間の二つの輪郭という、唯一感覚されるに足るほど濃密なものを得たのだ。

その男は当時、三十代までの期間を完全には生きなかったかもしれないが、彼とともに生きた人々も、この大きく欠落した年数ぶんだけ少なく年を取った。

十字架の下にいる神の母なるマリアは、預言された日に降誕した人の子の母なるマリアより二十歳若い。腰巻を作り出す少女だ。

俺は神だから、子供時代などなかった。

アダムは大人の姿で生まれたが、俺は新しいアダムだから十二歳で生まれ、死ぬのは俺ではないにせよ、三十歳になる明日！　消え失せるであろう。祭壇やミサや聖体パンが数えきれないほどあるのと同じくらい、朝日が昇る時にはいつも、俺と同じような断続的な神が数えきれないほどいるのだ。

ありきたりの身体と魂に俺は――彼らは宿らない。俺たちはこの宿の中で、とつぜん昇天させられるか消滅させられるかして消え失せる。きっとたいていの場合、俺たちが消え失せるのと同時に、宿のあるじは聖体を拝領し、キリストの受難を繰り返す。

だから長く滞在するために俺たちが宿るのは、大罪を犯した人間であることが多いのだ――掟を守る信者か、信仰を持った信者に宿ることがあるかもしれないが、それはあまりありえない。十二歳から三十歳までという期間にしては、俺たちの滞在は短すぎるかもしれない。だが年月など相対的なもので、俺たちはとても濃密な時間を生きるから、宿った人間の中で全人生を生きるには、一瞬あれば足りるのだ。その人間はほぼ間違いなく――俺としては確かなのが恐ろしくもあり望ましくもあるのだが――大罪人か**死刑囚**で、刑務所で強制的に聖体拝領させられた瞬間、俺たちは消え失せるのだ。

俺たちはそいつらが罪を犯すように仕向け、俺たちの義務を果たさせる。宦官でないのをひけらかそうと、欲求を満たすだけのことなのだが。

死んだ男の残した虚弱児と不滅の霊魂、どちらの方が誉《ほま》れ高い子孫だろうか。

社会情勢や法律が違えば、俺たちが作るのは……

俺たちが取る手段、この場合は生存手段のことで、『子』の終わりは『受難』であるわけだから、つまりは生存を終えて作り出す手段はまったく予想できない。

俺たちが取り憑《つ》いた人間は天与の知識を手に入れて、君主のごとく強くなる。

他者のどんな意志も、無生物の意志をも支配してしまうということだ。

聖霊に満たされるのと悪霊が憑くのとは、周知の通り対称のこと。

俺たちを愛する女たちは、本物の魔宴《サバト》を新しくする。

ルーダンの悪魔[012]は俺たちの兄弟だ。

俺たちの力が絶対であるように（実際そうなのだが）、俺たちは神の『ご加護』に恵まれる、つまり磁石が東西方向の電流と十字になるように、普遍的『綜合』の時に沿った方を向くということが、矛盾なく起こる。

俺たちは天変地異で生きているのだ……

白い天体のような朝日が昇り、俺自身の死を実在させているより小さな白い天体を舌に乗せて、心地よくであれ痛ましくであれ溶かすようにと合図する前に、聞け、そしてすべての民に知らせよ……

さもなくば、お告げが烈火のごとくより激しいものとなるよう、留まって、書生の席について閉じこもり、書け！

以下に始まるのは、とても下層の庶民による黙示録だ。それら下等な人間どもの一人の物語だ。」

三　おお眠り、死の猿よ

自分の母親が処女であることに気づく。

『三十六の劇的状況』[013]より、**第三十七番目**の状況。


ヨセフはかんなをかけ、小さな角のようなおがくずを芽生えさせている。

「ねんね」と、とても小さな声が言う。

何を言ってもヨセフには聞こえない。聞こえてしまってはいけないからだ。

「ねんねだよ、いい子」

眠っているのは「幼子」ではなく、ミリアム。

飼い葉桶からであれ初夜の床からであれ、大声であれ小声であれ——ヨセフには聞こえない——並外れた声が上がり、幼いミリアムに答える。彼女はため息をついて、

「ご主人様……」と言う。

一音節を発するたびにひどく長い間が空くのは、「永遠」に向かって話していることを直観しているからか、持続があることを意識していないからか、死者の井戸から言葉を汲み出すのに時間がかかるからだ。

「腕を曲げるようにあたしに命じて頂けますか。腕を下敷きにして寝てしまって、しびれてしまいそうですので」

「お母さん、どうして僕にすごく恭《うやうや》しく話すの。今晩僕を産んでくれたでしょう。神様が作ったかもしれないけど、僕はお母さんの小っちゃな子供なんだよ。女よ、唯一神は三位のうちに現れるが、俺が三位のうちに現れる唯一の神だ。俺が作ったものだから、俺は十の三十六乗を八百倍した世紀と、この時間の中にあるものすべてを所有している。最初の世紀を作った時、俺は永遠を手にしていたのだ！　俺は『子』であり、お前の子であり、聖霊であり、俺ははるか昔からお前の夫、お前の夫にして子なのだ、いと純潔なるイオカステ[014]よ！

　だけど俺は、愛する女のベッドに横たわるごく若い夫だ。それは、おおわが母にしてかわいい妻よ、お前が処女であることに気づき、神とはまさに俺であることを確信し始めたからだ。ぐっすり眠っているがミリアム、聞いているのか」

「聞くようにあたしに命じれば聞いたでしょう、ご主人様」

「ママ、説明してよ……」

「あたしが産んだばかりの子が、生きた女に身振り手振りをするように、あたしにお話しなさるのですね。あたしは生きている時、よく聞こえないのです。ですのでご主人様、あたしはあなた様の母にして大工の妻なのでございます」

「今は何なの……？」

「おお！　今でございますか……あたしの晴れやかなほほ笑みの意味がよくお分かりになるからには、あなた様は確かに神に違いありません……今**あたしは聖処女でございます。**

　もっと深く眠らせてくださいまし……　今あたしは……あなた様がお望みのもの。それが何かは聞くまでもないでしょう、あなた様がお望みのことしかあたしが話さないのはご存じでしょうから。あたしは『あなた様』の婢女《はしため》、あたしは……」

「何だ、『女』よ」

「**神の意志**でございます」

彼女が沈黙していると、あらゆる引き裾から信じられないほどの金が垂れ下がる。

ミリアムはすやすやと眠っている。

ヨセフの子イエシュは身動きせず、裸で黙っている。

産まれたばかりの赤子の身振りや叫びや肌着は、赤子が大きくなって初めて意味を持つようになるものだから、何の意味もない、というかまわりが与える意味しかない。

その子は「偶像」なのだ。

三博士は三つの奉納物があることを知らせた。

「黄金は王」

「乳香は神」

「没薬は死」

没薬はミリアムの足元で冷えてしまった。

眠っている彼女から、ラクダの首につけたカスタネット《プラタジェ》のカタカタいう音やチスイコウモリの飛ぶ音が遠ざかり、コウモリの爪やラクダの揺れる首は、砂の上で微かになっていく。

ヨセフのかんなという防波堤は攻撃的に、小さな角のようなおがくずを送り出している。


三博士の姿が山の近くで消えてしまうと、子供である神はまた話し始める、

「眠っているのか？」

「ええ」、とはるか遠くでささやき声がする。

「気分はいいか？」

「ええ」

「気分はいいのだな！」

「ええ！　ええ！」

ほほ笑む。

「あたしが生きていた時は、砂のお墓の中で息を詰まらせておりました。今はいい気分ですわ。あれ！　生き返ってしまう！　喉が……　眠るように命じてくださいませ、早く、早く、もっと深く眠るように……

生きてしまう、死んでしまう！

エマニュエル！」

白斑が目に現れて経帷子《きょうかたびら》になる。

「強……硬……症」と彼女は言う。

三博士はあまりにも遠くに行ってしまったので、われわれは三博士の時代から千九百年も離れたところにいる。

「眠るんだ！」

……………………………………………………

「あたしは眠っております。彼女は眠っていますわ。

死んでしまった。

この女の言うことを信じない方がいいですわよ。

まあ、もういないですけど。

たちが悪いわ……生きている女なんて。

ナイフであなたを後ろからグサリとやりかねない」

「お前は俺を愛しているのか？」

「あたしに意志はありません。

あたしはあなたの意志でございます」

「この女は俺のことを愛しているのか？」

「ものすごくよ……

痛っ！　腕を引き抜くように命じてくださいな！」

「ヨセフをどうしよう?」

「あたしに殺してほしければ、命じるだけでいいんですよ。

お話しになる必要はありません。

あなたの意志を、頭の中の小っちゃなスイッチにちらっと映すだけで、チビの官吏を殺せますわ」

「うまくいかないかもしれん。信用できんな。それじゃこの女は愛してないんだな、ヨセフのことを?」

「冷たくあしらってるわ。ヨボヨボ爺さんですもの。

ヨボヨボではあるけど、二人はヤることはヤってるの。

ヤってくれるんなら、男が美しかろうと醜かろうと、彼女にとってはどうでもいいのよ。

ヨセフはあたしのことを知らない。あたしの方ね。

知っているのはもう一人の方だけ。

この女は、あんたといるのと同じように奴といるわけじゃないの。

爺さんが笑い者になるって、いっそうやらしいわ。

昨日この女は、奴とはもう寝てないってあんたに言ったでしょ。

二人は台所で愛し合ったばかりだったのよ。

奴はこの女にゾッコン。

だけどこの女は奴のことを愛してないの。

奴のことを裏切ってるってわけ。
六十人も愛人がいた女だけど、あんたが初めての愛人なのよ」
「この女のね。でも俺はお前の愛人じゃないのか？」
「あたしは誰からも知られたことがない。
この女からもね。
あたしはこの女のことを思い出すけど、この女からあたしは見えないの」
「もう一人のこの女が、年寄り税関吏にキスしたのはどうしてなんだ」
「考えてしたことなの。
あんたがこの女を見てたからよ。
言っとくけど意地悪女なの。
でもあんたのことを愛してる。
それからというもの、この女はもうあんたの方を見ようとしない。
見るのは醜い男の方ばかり」
「お前はどうなんだ」
「あたしはあんたの意志よ。
お望みのものにしてちょうだい。

もう一人には気づかれないわ」

「お前が目覚めた時のもう一人より、確かにお前は美しい。

だけどもう一人が目覚めた時はどうなるんだ」

「この女の肉体がたぶん思い出をとどめるでしょう……

いけない！

この女はあんたのことをぜったい許さないわ。

あたしたちに騙されてるって分かったら、忍び足で立ち去ってしまう」

「お前はこの女にとどまることを決めさせられる。それと同時に、税関吏たちとおかしな悪ふざけをすることを俺が禁じているとも伝えられる……

でもこの女に悪ふざけを禁じるにはどうすればよいのだ」

「あたしを介してあんたが禁じても、効き目があるのはちょっとの間だけ。

あたし、彼女が何をしてるか教えられるから、一緒に考えましょう。

そうしてもぜったい気づかれないわ」

「それで決まりだな……　どうする。欲しいものはあるか」

「ご褒美が欲しいわ。キスしてちょうだい。でも……あんたはどうして、この女の愛人であるように、あたしの愛人にはすっかりなってくれないのさ」

「この女が何て言うだろう。いや、俺はお前の愛人だと思うように、お前に命じるぞ……その必要はない！　そうなったともう一人の方は思っているみたいだから。さあ今だ、かわいいミリアムよ、というより没薬《ミル》よ、死んでいるお前は、公証人の生によみがえれ」

「嫌よ！」

「目覚めるんだ！　何が嫌なんだね？　もう一度言ってごらん」

「何が嫌って……何が……が……

……蛾《が》が」

四　神サマ《アオトルー・ドゥエ》

二人がその子を見つけた場所がドゥエ、つまりガロ語[015]地域で言う洗濯場のようなところだったので、二人はこの言葉から姓を作って与えた。

姓は洗礼式の水にちなんでいたから、名には、子供を見つけた日であるクリスマスを、より古い言語で表す語が選ばれた。

だから名前はネデレック（ブルトン語[016]でクリスマスやエマニュエルのこと）・ドゥエになった。

二人というのは公証人とその妻。

公証人ヨセフとその妻マリアのことだ。

二人が住むブルターニュ地方ランポールの町で話される方言では、ジョゼブとヴァリアになる。

公証人がヨセフという名前なのは、妻がマリアという名前だからだろうか。それともマリアという名前なのは、ジョゼフ先生と結婚したからだろうか。

そんなことはどうでもいい。

他の名前はありえない。

二人が養子にしたこの子はネデレック・ドゥエである、と代親が届け出たわけだから、はるか昔からこの名前だったのだ。

公証人というこの金持ちの都会人がサインをするだけで一人の男《ムッシュ》を作り出すのは、別のやり方ではあるけれど人々が子供を作るようであり、子供に砂糖菓子《ドラジェ》という種をまくところを見ると、生殖していることがもっとよく分かる。

そんな公証人に敬意を表して、ランポールの子供たちは洗礼を受けて玄関口を出る時点ですでに、「登録簿」に従って「子」と呼ばれることになる。

「神サマ《アオトルー・ドウエ》」。

どんな連禱《れんとう》もこの祈りから始まる。

ランポールの子供たちは、そんなに長く考えたりしない。

ただ、

「**神さま《ムッシュ・デュー》**」と言うだけ。

すると連禱は合わせた手の中で続いて預言をし、閉じた祈禱書には、

「われらを憐れみたまえ！　神サマ《アオトルー・ドウエ》、ワレラヲ憐レミタマエ《オ・ペト・トリュエ・ウゾンプ》！」と書いてある。

五　ジョゼブ先生の事務所

ジョゼブ先生……

われわれがジョゼブ先生と言うのは、彼が地元で「こーしょ人さん」と呼ばれていたからだ。

こう言っておけば、いちいち彼の家を描写したり、外に表札を掲げたり、踊り場にある聖具納室のドアを布で覆ったりしなくて済むだろう。

ただジョゼブ先生はブルターニュ風の公証人だった。

この地方では、公証人とは一般に、ものを書く人みんなのことを指す。

ルコント・ド・リール[017]がパリに上京した時、レンヌ[018]周辺の住人は、彼が公証人になるための勉強を首尾よく修了したのだと思って、

「会いに行こうや。奴の事務所はどこだべ」と言った。

公証人という語を広く解せば、手仕事をしない人か、手を使ってややこしい無意味なものを作る人なら誰でも当然している職業だということになる。

ところがジョゼブ先生がものを読んだり書いたりすることはほとんどなかった。なのに車庫や厩舎を持てるほど金持ちで、剥製の鳥を陳列した部屋に閉じこもり、小さなノコギリで切り分ける秘儀を執り行っていた。

だから権利というかほとんど義務として、先生のアーチのように尖った頭に髪はもはやなく、口ひげを剃っており、白く長い頬ひげをきちんと引っかいて伸ばしているところは、貴重な三枚続きの絵の左右両面（先生流に分かりやすく言うなら、耳つき安楽椅子の側頭部クッション）のようであった。

そんなわけだから、ジョゼブ先生はまさに「ジョゼブ先生」と呼ばれていたのだ。

六　ラキール氏

ジョゼブ先生の事務所か食堂で、幼いエマニュエルは教育を受け始めた。

エマニュエルにとって初めての教師は月の円盤にそっくり。

全身が顔というか、むしろ全身が光輪になっている。

伝説の物書きである教師の冠はヨハネの冠だが、ヨハネはヘロデヤ[019]のように頭の上半分を冠で飾ったりはしなかった。

首の切断面はまっ赤からすぐにまっ青になる。

エマニュエルは自分の幼い脳を自らに捧げ、皿ノ上デ知性という味つけをする。

彼は多様だ。

アルファベットという黄道十二宮で縁取られた十二枚の皿なのだ。

まわりには学問の波が打ち寄せている。始まりも終わりもない、アキレウスの盾[020]のまわりに描かれたオケアノスのような海だ。

これらのアルファベットはどの文字からでも読めるので、エマニュエルは落としたりぶつけたりして、もっと短い簡単なものにしていた。

教師のいる教室は古代風で暗かった。

月とシャクガが窓から入り、その霜が蠟燭の炎で溶けるというか燃える頃になると、博士という天体は、ガラス張りの教壇とでも言うべき高い戸棚から降りてきて、家族の語らいに交わるのだった。

教師に生徒を、そしてデュー氏に教師を紹介する時の決まり文句は、まさしく次の通りであった。

「主ノ体ヲ見ヨ……」

「主ヨ、我ハ値セズ……」[021]

「お構いなく」

「お先にどうぞ」

まわりの動物たちはぱっとせず、肉の鼓膜を思わせる太鼓の音を楽しめないので、エマニュエルだけが教師の話を聞いていた。

授業が終わり、教師が大きく開く口から見える二十四個の教育的な歯の近くで、船上の木造小屋を机の上でひっくり返すと、箱舟の屋根が崩れ、ノアの夫婦とさまざまな家畜のつがいが出てきた。

公証人はデミウルゴス[022]さながら、飛び出た動物たちを、ニュルンベルク[023]製品、つまりモミの木の輪を星雲のように流れる木目に沿って勝手に並べた。

地面との接触面がどれも四角形になるウシやクマを見つめながら、動物たちにとっての地面である机を揺れるほど触っていると、次々と弱々しく落っこちるのが聞こえたので、エマニュエルは公証人が心配になって、

「動物を立たせてちょうだい！」とお願いした。

公証人はものを作り出しはしなかったが、ものを整頓していたからだ。

この天変地異から三本足の怪物たちが生まれたが、安定して立たないので、デュー氏は余計な足を折ってうずくまらせた。

怪物たちを区別する名前は、ついている斑点や、たまたま整形された体や、その結果生まれた見た目に従ってつけられた。

ラキールとラストロンというのが中でもいちばん美しい怪物だった。これらの名前の意味はエマニュエル自身忘れてしまったが、ラストロンは確かもともとはラタトロンプ《ハネジネズミ》という名前で、名誉なことに氏という称号が続いていた。

デュー氏は怪物を作っておきながら、そいつらがかなり大きく見えたので、とても怖かった。

これはかつて頭脳とは別のところで起きたこと。


鎧をまとった飢えた犬が、うち捨てられた塔の鐘に繋がれているので、動かない恐ろしい鳴き声を引っ張り、獲物に向けて響かせるかのように、鐘楼の早鐘の音が風に運ばれ、公証人の家のドアのところで響いていた。

「風」、たぶん風だったが、ドアが半開きになっているのを見た子供が閉めようとしたのに、プルチネッラ[024]の絵で描かれるような大きな木靴を挟んで止めたのだ。

風ではなく、もっとありふれた訪問客だった。

そういうわけで、デュー氏はクルミを割れるほど強くなかった。

二頭のオオカミを連れたオーディン[025]ではなかったし、カラスを飼ってもいなかった。

四頭のオオカミが彼のかかとにかすり傷をつけていた。

彼は箱舟の部屋で、オオカミたちがおとなしいのを見せて少しお金を稼いだ。

おとなしいのは自分が教育したおかげであることを示そうと、彼もまた机の上で小箱をひっくり返すと、木製の動物たちはテーブルクロスの草を食むのだった。

性格も歯も獰猛な荒々しい犬たちは小さな手を主人から盗み、指骨から肉の覆いを剥がして外にカチカチと鳴らした。

毛を逆立てた猛犬たちの姿が目に入り、そいつらの毛がまつ毛に絡まり、そいつらのはっきりしない声が喉に詰まったので、幼いエマニュエルは二日間どもり続けた。

七　ラ

この人物はギリシア語でタナトス[026]といって男性名詞であり、ラテン語では時々**オルクス**[027]という別の地獄の神に翻訳されることがある。フランス語で死《モール》は女性名詞ではあるが、私はこの人物に本来の意味を与える方がいいと思った。そうしたところでこの人物の演技や性質はいささかも変わらないからだ。

P・ブリュモワ神父[028]『ギリシア演劇』より

エマニュエルが四歳になった時、ジョゼブ夫人は毎朝自分でエマニュエルを、町中のミニミ会高校附属幼稚園に連れていくようになった。

最初に通るロケ通りという坂道は、螺旋の力を使わないと通れないほど険しく、小川が舗装されてねじ釘の芯のようになった通りだった。

次に通るのがこれもまた曲がりくねった小道で、エマニュエルが、最近自信のついた足取りで誇らしげに歩道の縁石沿いを歩くと、小川か深い穴に沿って進んでいるように思えた。

そして鉄の扉を通って中庭と呼ばれていた花咲く庭園に入り、母親が去りぎわにキスをすると、はっきりとさびしくなるのだった。

ミニミ会幼稚園の園児たちが、中庭を通ってエマニュエルの方に集まってきた。

母親のスカートを思い出したせいかもしれないし、難しい名前を発音しようと息つぎをしたせいかもしれないし、実際そこの子供たちみんなが女の子用のプリーツつきの服を着ていたせいかもしれないが、エマニュエルは、幼稚園での出来事を公証人夫妻に大げさに話して聞かせる時、子供たちみんなの名前に、女性名詞につける定冠詞である「ラ」をつけていた。

「ラ・メケルバックくんがね、ラ・ジネルくんがね、ラ・グザヴィエくんがね」という調子だ。

エマニュエルは女教師の膝の上に寝そべって学科を暗唱した。ミニミ会幼稚園生に教えていたのは一人の夫人だったからだ。

ヴネル夫人。

これが夫人の名前をちゃんと思い出したものなのか、突き当たりの幼稚園に行くために毎日通った小道を擬人化したものなのか、分かったためしがなかった。

エマニュエルは、皿やそこに書かれた象形文字（人の絵を描く時は普通の子供が落書きするのと同じく、顔と後頭部を同じところに描いていた）のおかげでか、あるいははるか昔からか、ともかく読み書きができていたから、どうして送り出されてこの河口で教育を受けないといけないのか、ちっとも分からなかった。

実は夫人は、面白い物を見せる見世物師であると見なすべきなんだと考えた。

確かに夫人は、遠くの子供やぼんやりしている子供を呼ぶのに便利なように、長いハシバミの棒を手にしていた。

魔法使いの棒みたいなものだ。

夫人がこの電話を使わない時は（というのも子供を懲らしめる時は、刃が振動するのと同周期で揺れるペーパーナイフの白い柄で、骨が鳴るほど指をぶつ方が好きだったから）、棒を教壇の後ろの破れたノートの間にうっちゃっていた。この隅のことを夫人はカファルナオム《ガラクタ置き場》と呼んでいた（エマニュエルはこの言葉を後で復元した）。

幼いこの頃に聞いたディオルヌ箱という言葉の方がいつも、より明るく正しく豪華であるように思えた。

モアとかエピオルニス[029]とかいう鳥がいたことも絵ですぐ学んだ。

幼稚園に通うようになったこの年に身についた習慣は、木製のペーパーナイフ、彼はもっと抽象的に刀と呼んでいたが、真似してそれに熱中すること以外なかった。

公証人にナイフを切り出してもらい、自分で飾りつけをして完成させた。おそらくは、ものを作り出すノコギリに似せて作っていた。生き生きとして貪欲《どんよく》な、マホガニーの止まり木に掛かった立派なノコギリで、手引きノコギリの歯と透かし彫りのある反った背が、短剣という語の先端まで伸びていた。

エマニュエルは喜ばしくも苦しくなり、鞭打ち爺さん[030]を描いた怖い絵にある枝鞭を前に腹ばいになって、午後いっぱいぼうっとしていた。

夕方の大半は、ソファーの下で寝ていると思われて、責苦の棒が振り上げられたけれど、公証人の家に親がよく来ていたクラスメイトのグザヴィエを下から見張っていた。

それでミニミ会幼稚園の思い出は最終的にグザヴィエの姿に図式化していったが、彼の顔かたちは忘れてしまったので頭文字のXという線に置き換わり、葬式のとき教会入口に張られた幔幕を見ると、Xは頭蓋骨の下で白光りしている。

ラ・メケルバックくん、ラ・ジネルくん、ラ……

ラ・モール《死》。

八　オーディン

　エマニュエルが十五歳になった時、ジョゼブ夫人は（この頃より前、自分の母親のごく正確なイメージは彼の記憶になかった）シダの森を通って、休み中の彼に会いに行った。

　若者になったエマニュエルに見合う部屋が公証人の家になかったので、ジョゼブは、たいていの農場と同じく、いくつも城を取り巻くほど広い自分の農場の一つにある住まいを、パリで寄宿人をしている彼に、二カ月の休みのあいだ使わせていた。

　住まいは庭園のまん中の丘の上にある。

　耕された丘と海へと続く谷は、伝統的に言えば色とりどりに継ぎ当てされたビロードの作業ズボンに似ており、コナラの木のように二股に分かれて継ぎ当てを見せていた。

　二股に分かれた風景の底には栗の木の森が広がっており、木の根元はシダで覆われている。

　ヴァリアが坂を下っていく途中で出会うのは植物や動物ばかり。

　どれも恐ろしいやつだ。

　坂を下る前の高台に生えているのはジャニク《ハリエニシダ》で、その金色の花は、宝石が金具に嵌まるように緑柱色《エメラルド》のピンに嵌まっている。

エニシダはもっと優しいけれど、ミツバチで人工的に強化されている。

棘は陽の光を浴びて鈍くなるが、火という大槍から肥料となる灰ができてよみがえる。

ダンゴムシは丹念に甲羅をまとっている。

喪の甲虫が、新鮮な脳みそを飛び散らせるように血を吐き出していた。

丘が際立って鋭く落ち込んでいくと、棘と炎に続いて、グラジオラスの剣と、鋭い草と、絡まり合った根という編みひもが現れる。

カエルの姿は見えず、そいつらが水たまりに飛び込む音はヴァリアに聞こえず、水もまだなかった。

草と土がカエルの鳴き声を真似ていた。

もし水が、ペルヴィーズ王子に死が迫っているのが見て取れた数珠[031]のような、流れにくい塊になったら、海綿が軋むかのようだろう。

ヴァリアが歩くさまは大きな古いベッドの上に立つようで、けんけん跳びすると、箪笥《たんす》の壁板に植え込まれたボルトがどれも軋む。

「エマニュエルは農場におらんよ、海の方に行った」

農家の人がそう教えると家に帰ってしまい、ヴァリアは空が覆われた砂漠の中にいる。

……するとシダが生えているさまは、サーベルの束が長さ順で整理されて植物標本箱に並べられているようであり、また開いた手のようであるから閉じるかもしれない。鎌で武装した戦車のようであり、歩きはしないけれど、人が歩かされる簗《やな》状の廊下の内側を覆いつくすだろう。

またシダの裏地に疣がついているので、全体が筋肉でできた手袋と言うべきタコのよう。

疣ではなくて胞子。専門用語で言えば、包膜で包まれた胞子嚢群だ。

害はない。

だが目に見える。

紛らわせることのできない恐怖は、まったくうわべだけのもので害はない。

するとコナラの木々の下で、ホコリタケ《オオカミのすかしっ屁》という妙な卵が苔の卵立てに収まっている。

まぶたよりも柔らかい、毒入りの小さな革袋の一つに、ヴァリアは足をかけてみた。

死のロック鳥の卵[032]は丸い方から割るべきだろうか、尖った方から割るべきだろうか。

ヒカゲノカズラ[033]は、劇場で迫出《せりだし》から物が現れたり消えたりする時に発火することを、ヴァリアは思い出した。

オオカミ。

乾いた葉の上を確かに歩き回っている。

地面には苔しかない。

だが乾いた葉がもしあれば、奴らが乾いた葉の上を歩き回っている音が聞こえるだろう！

陽の差さない森では、閉ざされた家にいるのと同じくらい「恐怖」を紛らわすことができない。

シダは地下倉庫の天窓つき丸天井となって、地下倉庫に棲む怪物たちを見せている。

オオカミたちは、ごわごわした毛皮が逆立つ脚に切り傷を作ることはない。

奴らの歯に疵はないものの、口はどんなシダよりもずっとギザギザ。

噛みついてくる植物が互いを食い合うことはない。

ヴァリアは振り向かない。

奴らが後ろにいるのがよく分かっているから。

雑木林の小道を覆う二つの丸天井の下に、奴らの影の形が現れる前に毛皮と歯が現れる。

大きな二つの目の外に生えている一対のまつ毛のようだ。

ヴァリアは走る。

だが着いてしまっていた。

エマニュエルは、崖に盛られた胸土のてっぺんに建つ税関吏の小屋にいる。

二つの部屋に分かれていて、機関車のボイラーと垂直の煙突みたいだ。

セメントを使わずに石を積んで作った小さな哨舎で、石の一つが空いていて海を見渡す銃眼になっている。

税関吏が眼窩を買い上げ、自分の視線を住まわせたのだ。貝殻を引っ越して——そこに別のものを入れる——ヤドカリにならって。

もう一つの平らながらんとした部屋では、ベッドに石のシーツが掛かり、裏地は海藻に覆われている。

小屋は狭いけれど、ヴァリアに姿を現したエマニュエルは立っており、背中には、紅色花崗岩でできた大きな暖炉のマントルピースがある。

マントを羽織った彼が火なのだ。

左右に一台ずつある薪台は、鉄が火にさらされてすっかりぼろぼろになっている。

というよりも薪台は一台しかなく、それは荒々しいオオカミが座っているのを横から見た形で、すきっ歯と間の空いた毛皮をはっきりと見せ、一つしかない目は両目を貫く穴のよう。

一台しかないにしては左右対称すぎる。

そいつの双子が、驚くほど離れたドアから入ってくる。巨大な暖炉と釣り合いを取るには、聖ミシェル修道院[034]の食堂が要る。

この二頭目のオオカミがウールのスカートのすそを歯で挟み、ヴァリアを招き入れる。

するとエマニュエルは部屋を照らしている暖炉の火から離れ、羊飼いの娘が雷になって轟くように、一頭目のオオカミを差し出して、

「奥様、仲間の上にお座りください」と言う。

目覚めた時のように、ヴァリアがエマニュエルの二本の眉の下に幾分恐ろしげにまた見いだすのは、他のものであったためしはないのだが、黒ダイヤでできた二頭のオオカミだ。

九　緑色の中央に小さなオコジョ

またこれらの悪魔たちは、水気が多いという理由でこの上なく好色なのだ。

シニストラリ『悪魔姦について』イジドール・リズー訳[035]より。


監視所から、エマニュエルはヴァリアが来るのを見ていた。

道を通ってでもなく、野を越えてでもない。

彼の記憶の中を来ていたのだ。

海に向いた銃眼から見ていれば、目に入る前からでも背を向けていても彼女を見つけて、よりはっきりと見ることができる。

パリ。冬。

コンドルセ高校[036]が、ラキール氏とヴネル夫人の後を継いだ。

海が少し懐かしくなると、デュー氏はサン＝ラザール駅[037]のガラス天井を見に行く。日が差した時、水族館にかなり似てくるからだ。

彼がガラスを割る《雰囲気をほぐす》必要はない。

休みになると、母親が液体ガラスの扉を持ち上げて、デュー氏の方に近づいてくる。

彼はすぐさま、その女が自分の母親であるとは思わないようになった。

その女はあまりにもセイレン[038]のようにやって来るのだった。

デュー氏はその女を、燐光がひどく輝く時間に待っていた。

電光に照らされた女のおびえた様子で、その女が自分の母親ではないことに何よりも気がついた。

母親というものはむしろ保護者然としているものだ。

終夜灯は他のランプや天体を怖がったりしない。

ランポールの公証人の妻の地元では、日が沈むと、人々は鉄のランタンを綱に繋いで引き回しながら進む。シャクガが、自分自身の発する光という素晴らしくも恐ろしい獲物を、おっかなびっくり運ぶように。

その女の頭が、微かではあるがどうやっても確実に、炎が見えて魅惑的な窓ガラスの近くで揺れ始めたことを表していた。

ただその炎で、白いマフというカイコガの毛を金色に燃やしはしなかったが。

毛皮につくカツオブシムシのように、女はモアレ模様を見せながらすばやく揺れ動いて入り込んできた。

あるいはクジャクの頭のようで、ヘビの頭よりもためらい気味なのは、糸ガラスでできた冠羽が揺れ幅を拡大し、それに応じて揺れを記録するから。

エマニュエルが何よりも見いだしたのは、向こうにあるピンクのヒースの間で氷上をスケートするかのように入り込んでくる、紋章に描かれる動物の姿であった。

オコジョだ。

その女が恐れていたのはたぶん、高校生なのに軍曹のように見えるエマニュエルだった。

染みがつくのを恐れていたのだろうか。

オコジョはとても汚い獣だ。

自分を貴重なシーツとして使うのだが、替えがないから舌で舐めて洗うのだ。

ガルガンチュアはオコジョを、

「深みに達することのできるガチョウのひな」と定義しただろう。

だが「三月ネコ」は他のオコジョに対してしかツメを研がないので、ガルガンチュアに引っかき傷を作った[039]。

エマニュエルがヴァリアのことを、もう「ママ」ではなくて「奥様《マダム》」と呼ぶようになった日、コンドルセ高校から出てきた彼にヴァリアは、「時間極めの森の辻馬車」かレストランの個室を借りませんかと言ってきた。

そう聞いてエマニュエルは近親相姦のことをまったく思わなかったけれど、公証人の妻だったなという記憶がすぐによみがえった。

「特にエビが出されるようなところですね」と言って個室の方を選んだ。

ヴァリアはランポールの読書室で、個室では何をすべきかを心得ていた。

彼女が念を入れて御者に五フランを与えたのはおそらく、金を握らせて口を挟んでこないようにするためだった。

沈黙していてほしかったのなら、両替屋でもっと少額の、ただし金でできた小銭を手に入れるべきだったろう。型に従って、二人は建物の階段を一緒には上らなかった。

ジョゼブ夫人は話し続けた、「ボーイさん、三人分の食器を並べてくださいね。中年の男の人が……」

「勲章をつけた男です」、とエマニュエルが耳打ちする。

「……あたしたちを呼びに来ませんでしたか？……　ご婦人と高校生はいないか、って。あの人が着いてないって、おかしなこともあるものねえ。ボーイさん、三人分の食器を並べてくださいね、あたしたち待ちますから」

「お昼を頂きながら待ちますよ」、とエマニュエルが調停案を出した。

二人はろくに食べなかったし、店の人が丁寧に真新しいガスストーブを点けてくれたので、愛し合いもまったくしなかった。

デュー氏はニスのお香を炊かれる。

二人は――会計をお願いしている間に――思い切って素早くキスをする。

これで終わりだ。

と思いきや長椅子があった。

その上にヴァリアがほとんど横になると、靴下留めより高いところにある肉のガーターが覗いた。

だがデュー氏はまだ高校生でしかない。

オコジョはヒースの近くでスケート靴を履き直す。

今日デュー氏が昼食を取るのは個室でではない。

税関吏の小屋にいるからだ。税関吏がいないので、小屋は誰のものでもないように思っている。

税関吏は自分の家にいる。

石積みの神殿で、獣あるいは聖別された形のパンという供物を自分自身に捧げているのだと思い込みながら、デュー氏は風変わりな食事を準備した。

彼はノアの方舟を空にする。

何かの形を表しているお菓子は不味いものだと分かってはいるものの、まずはアーモンドの棘に覆われた、ハリネズミの形をしたケーキ。

みんなはまずデザートから食べ始めるだろうというのはよく分かる。

藁と油で膨れた楽しみには、細いびんに入ったキャンティ酒[040]。

見ると胸がむかつくのでマリネにした牡蠣。

コリントス[041]のブドウが入ったライ麦パン。

フォワグラのソーセージという金の男根。

税関吏の小屋には机がないので、古い地図のように乾いた洪水を床に広げて動物たちを置く。

デュー氏には、ヴァリアがオオカミを怖がっているのは見えない。

だがオオカミと一緒に見ているのだ。

きゃしゃな動物が石造りの宿に入ってきたのを感じた。

動物にとっては、家にいるより自然でふさわしいことだと思う。

二人は海藻の上に隣合って座り、まずは軽い食事を取る。

低い天井にいる虫がヴァリアのトック帽[042]の羽根飾りにたくさん引っかかり、食べ物の中に落ちてくるので、起き上がれない。

デュー氏は、自分の持っている天井掃除用《オオカミの頭》のほうきは遊びに使うべきものではないことを漠然と意識する。本物なのだ。

ジョゼブ夫人は、平らな屋根があるせいで二人がベッドに寝そべらないといけないのが楽しくて、腕を上げる。彼女には、天井に腕を伸ばす隙間も天井を持ち上げる力もないので、二本の腕を二頭の小さなオコジョに変えてあちこちに潜り込ませ、おやつのメニューの次にエマニュエルの地図を調べる。

デュー氏は以前、シャツの中で緑色のトカゲを育てたことがあった。

探り回るこの白ヘビたちは、もっと気持ちがいい。

温めてから、どこか別の……あそこにやった。

だがジョゼブ夫人は、自分のかわいい高校生が、どこもかしこも高校生であるわけではないことに気がつく。

デュー氏は、老いぼれ公証人もその代理人たち——書生！——も思いもかけなかったほど誇り高い態度を取る。

動物は自分よりも堂々たる怪物を前にして飛び上がり、赤らむ荒野の中を逃げていく。

戸口を出るやいなや、緑色の頭巾をかぶって頭を高く上げた横顔を描いた光景にぶつかる。

相補的に。

本当の税関吏が、自分の小屋を取り戻しに来ていたのだ。

夫人はいささかもためらわず、なぜそうするのかエマニュエルが分からないうちに終わってしまうほど素早い動きで、ひ弱で兵士風なその男の首っ玉にかじりつく。

夫人の小さなかかとを蹴って進む一歩が、滞りなく一つの——水たまりに入るように、彼女は男の唇に思い切りキスをする。

十　黄色い蠟で半券に押印

夜になると公証人は習慣として、離れの事務所で消化時間を揺すりながら、金色のアルコールが入ったびんで明け方まで燃料補給し、自分で殺しては生き返らせるマホガニーの森が絡まり合う中でノコギリをさえずらせるのだったが、エマニュエルとヴァリアは、繋ぎの言葉も説明する言葉も言わずにまた出会っていた。

二人が互いの口にかじりつき、虫が鏡ごしに自分のそっくりさんと向かい合うようになるのは、ぐったりした体が――どこかの方へと――倒れそうになるのを支えるためだった。

また、二人が腕で愛撫し合いながら体じゅうを航海して回るのは、ありえないことに結びついた互いの存在を締めつけ、現実のものに凝縮させて逃げていかないようにするためだった。

石灰岩のベッドという二枚貝の間に広がる海がささやき声で、二人があえてしなかったことの方へと向かうように勧めてきたので、公証人の持っている、嘴《くちばし》から針金の出た「鳥」が渦巻く中で了解済みの気まぐれを、二人は辿っていった。

服を脱がせられない動物がまとうもっとも冬季の毛皮ほど白いものは、人肌以外ないわけだから、二人は寒がりのしなやかな白い動物となって、ピンクのヒースでできたレースの寝ぐらで絡み合った。

二人はヴァリアのコートをかぶっている。

エマニュエルはもはやヴァリアに服を着せていないということだ。

それに毛布がないので、今エマニュエルは寒いだろうということだ。

ヒースのような薄黄色した鼻づらのあるオコジョたちの頭は、身を守ろうと茂みの間を鋭く見張っている。

小さな動物が用心深くしていれば、ジョゼブの怒りさえも逃れられる。子供が淫らなことをしていると、通行人が避けていくのと同じように。

それで振り向く人も確かにいるが。

ヴァリアは色白で、まさにメキシコ湾流《ガルフ＝ストリーム》で花開いた娘たちにある火の白さだ。

花がジョウロから温かい波を飲むという、熱帯地方の幻想。

彼女は色白で、薄い色をしたどんな宝石とも同じ色。

白いトパーズ、赤いルビー、くすんだ真珠は粉になって混ぜ物がされている。

アラジンの通る庭に生っている、熟すことのない果物[043]。

緑色に見えるのは、空が赤く暗いから。

髪は司教紫[044]に見えるほど黒い。

海の司教たちがいて、波を確認する口づけで紫水晶が溶けるがままにしている。

色のこんなコントラストはあるものの、浜辺の丸石や海の怪物《セイレン》の丸い上半身と同じく、産毛がまったくないということがなければ、肌は褐色だろう。

ヴァリアがエマニュエルを抱きしめると、彼女の脇の下でごく短いまつ毛がまばたきし、筆に墨をつけて空中で試し書きをするかのよう。

他のところなら、海の生き物を覆う鱗だ。

くすんだ真珠……

デュー氏は首飾りを新しくする。


エマニュエルはサン＝ラザール駅という水族館に行き、ガラス戸を――潜水服を着た道化師よろしく頭突きして――越えた。

休みのたびにやって来る高校生の背は、コンドルセ高校に入ってから伸びていた。

ヴァリアと並ぶ背丈になっていたが、彼女は何といっても背が高いので、しなやかな動物のように見える。

とはいえチビの公証人の隣にいる時よりは、彼女の背が低く見える。

二人が互いの唇をむさぼり合った後つかの間離れて、目に表れる喜びをこらえていると、一人の胸の形がもう一人の胸に写っている。

二つの三角形をぴったりと重ね合わせたのだ。

デュー氏には三位一体の印章を押す相続権があるわけだから！

二人は本を開くように離れる。

公証人の白い頬ひげのようだが、公証人がひげを近づけることはない。

二人は見つめ合う。

ヴァリアはエマニュエルの肩の後ろを指でまさぐる。

キューピッドの翼がどこについているのかを見破ろうとしているのだ。

たぶん翼の羽ばたきが早すぎるせいだろう——部屋の陳列棚の中でピン留めされている紡錘形のスズメガやクロスキバ《放射状の》ホウジャク[045]と同じで、翼のぼんやりした形しか見えない。

だが突然何か黒いもの——太陽を見つめた後に黒い円盤が残るという凡庸さあるいは運命——がエマニュエルの瞳からヴァリアの瞳の中へと、双頭のびんから調味料が注がれるようにこぼれ落ちる。

それは「恐怖」という、「愛」の澱《おり》だ。

雪が黒く見える夜に雪をかぶったかのように、ヴァリアは震える。

「どこかに行ってください！　お願いですから！　一人きりで寝かせてください！」

「私が何をしたって言うんです」

ヴァリアの声が詰まり、甘いささやき声にまで変わる。

「あたしをお憐れみくださいまし！」

別の「本」を開くと、同じように
「神様、我を《アオトルー・ドウエ・オ》……」と書いてある。

憐れむと、神は自らの神性を放棄することになる。

だが神がそこにいると人はたいへん怖いものだ。

防衛本能による動きで「恐怖」から生まれたのは、デュー氏にとってもっとも手強い相手。

もっとも不快になりうるもの。

絶対のうちにあるジョゼブ夫人だ。

「あたしは自分の家にいるのよ！」

と言って壁際に飛びのく。

言うまでもないが公証人の家には、剝製の鳥や、虫を並べた乾いた箱——「事務所」で切り出された、微動だにしない葉の中で、チュンチュンとさえずる声やブンブンと飛ぶ音が生きていた——だけでなく、外国の武器一式もごたごたと置かれていた。

夫人は手近にあった短刀を抜き取る。

それは短剣《カンジャール》[046]で、柄が十字ではなくて、二股に分かれて膨らんだ、甲虫の触角のようになっている。

「どこかに行ってください、さもなければ殺しますわよ！」

穿孔器で孔を開けて皮膚の下に死を産みつける虫を前にして、エマニュエルは——ひと目見て——怪物たちが公証人の机の上に立った時の、子供じみているが神々しいあの喜びをまた感じる。

また机を揺らすことを決心する。

そっと吹きかける息で。

息よりも微かなもので。

まつ毛が起こす風で揺らすのだ。

というのもエマニュエルは初めて、ヴァリアが何を恐れているのかが驚くほどはっきりと分かるからだ。

高く挙げられた短刀を前にしてまっ裸でいても、身じろぎ一つせずに毅然としていられる。

というのも刀を振りかざす人は刀に助けを求めているわけだから、自分が相手よりもずっと弱いことを認めているに違いないからだ。

彼らは二人でいるわけだから、害はない。

あるいは彼らの姿が二重に見えるわけだから、見ている人が酔っ払っているか夢を見ているのだ。

エマニュエルはギロチンの刃の下にあって、瞬時に動かす始動装置が動き出した時でさえ、刃が落ちてくることなどありえないという、人々ないし彼が抱くはずのすごい自信があるので安心している。

というのも、

「そんなことが起こったためしはまだないわけだから」

「それは人生で一度しか起こらないことなわけだから」

「ギロチンの刃についた錘《おもり》が落ちて、物体の落下法則がきっとまたもや立証されると思っているのだろうか」

まっ裸のエマニュエルは腕をこわばらせ、ベッドに敷かれた経帷子に磔《はりつけ》になっていたが、自分の視線という黒い「啞の従者」を――おお、そうっと解き放つ。

「ねんね」とささやきかける。

ヴァリアは倒れる。

倒れながら刺そうとする。

だが短剣《カンジヤール》はもはや、催眠にかかった女の思い通りにはならない。

手綱を解かれた馬のようだ。

横たわっている体を踏みつけるのは好きでない。

短剣はエマニュエルの左腕と胸の間を通り、他のコガネムシを陳列している棚に敷かれたコルクシートそっくりのシーツに、鍔《つば》のところまで突き刺さる。

そこでエマニュエルはベッドからすり抜けて、枕元に肘をついて起き上がり、ピンで刺されて瀕死のさまを見る。

ヴァリアは夢遊病者のような手つきでその場をまさぐる。

短刀を引き抜いて落っことす。

片付けるためだ。

キューピッドの翼を探した時のように探し回る。

その場所は、幽霊が座る劇場の席のように空いている。

「誰《ペルソンヌ》」も座らない王座だ。

誰《ペルソンヌ》か。

三位のうちの一つの位格《ペルソンヌ》だ。

戸棚の植物標本に並ぶあらゆる田舎のラベンダーから新鮮によみがえった、公証人のシーツのまん中に、デュー氏は印章を平らに押す。

暇乞いの挨拶として。

角を折った名刺だ。

三位一体は「三角形」の印を押す。

十一　ソシテ言葉ハ肉トナッタ

初めに「言葉」があった……

私たちはその栄光を見た。それは「父」のひとり「子」としての栄光であって、恩寵と真理に満ちていた。

「聖ヨハネによる福音書」[047]より。


結局二人はひとことも言葉を発することなく、妙なる……の音を立てることになった。

ラブレー『パンタグリュエル　第三の書』第十九章[048]より。


こうしてデュー氏は、眠れる公証人からミリアムを取り出していた。

二人が三博士や飼い葉桶の時代を生き直した後、デュー氏は人差し指を眉間に当てて、ミリアムの目を覚ました。

ビロードの大きな羽の間にピンを刺して、夢の生からラベルの貼られた生へと蛾を「目覚めさせる」と言えるなら。

ミリアムは変身中の同類を呼び出そうと、

「何が嫌って……何が……が……蛾《が》が！」と言い、
彼女自身がジョゼブ夫人を生み出すのを、デュー氏が司るようにした。

「もう一人の女」であるジョゼブ＝ヴァリア夫人、すなわち公証人の妻は、ミリアムにまったく似ていない。

夫人は彼女ほど若くない。

出生証明書によると二十五歳だ。

ミリアムは十五歳。

ただヴァリアもそれほど年を取っているわけではない。

ミリアムは七万二千年前にわが身に起こった自分の出来事を、すすんで物語るのだ。

これほど年を取っていると、もう年齢とは言えない。

芸術になる。

ミリアムを作り出している時、デュー氏はヴィーナス像を彫る彫刻家になっていた。われらが二十世紀の「初年」に現れたこのヴィーナス像には、髪が抜け落ちていることよりも老化を示す、腕が抜け落ちているというあの不具はない。

ジョゼブ夫人はあらゆる点でミリアムに劣っている。

とりわけ美しさにおいて劣っている。

ただ劣っているという、比較を前提とするこの言葉は、エマニュエルにとっては何の意味もない。

というのも彼は自分の二人の愛人、というよりも愛人と妻がまったく似ていないことに、またしても気づくからだ。

ミリアムの髪は金色。

ヴァリアの髪は褐色。

あまりにも奇妙な違いなので、自分の脳の思いつきでないわけがない。

だが本当に違うのだ。

ジョゼブでさえ、このミリアムという女に妻の姿を認められないだろう。

自分の額に、新郎の黄色《サフラン》い帯が二股に巻かれているのではなく、見知らぬ女の頭で、神である「王」に贈られた金が輝いているのを見て喜ぶだろう。

ジョゼブ氏よ、あなたの妻ではなく――神の妻である！――この女が金髪なのは次のようなわけでだ。

手を合わせるようにまぶたが閉じ、まつ毛が隠れる。

髪がなめらかになってシーツから引き上がり、こわばった頸《うなじ》を通って額の前へと引っ込んでいく。

頭全体から毛がなくなり、蠟でできた細長い卵形になる。

彫像だ。

まぶたをめくっても、両の乳房を開いた時より瞳が見つかることはないだろう。

見つかるのは白いもの――乳だろうか骨だろうか――白目だ。

彫像というものはこれまでに何世紀もの時を経たから、もとから毛が生えていなかったところにも毛がなくなり、瞳に埋め込まれた彩色ガラスを、これからの何世紀かに施し物として与えてしまった。

こういうわけで、あなたの元妻は金髪なのだ。

「王」に贈られた金が、死んだ「没薬」の頭に載っている。

だがその時、ジョゼブ夫人が目を覚まし始めた。

鼻に皺が寄り、動物が嗅ぎ回って、自分を毛皮でくすぐっているかのよう。

まぶたに力が入りぱっと開くと、「もう一人の女」の青ざめた顔に二つの黒褐色が飛び出し——もしこれほど美しくなかったら、ボタンをブーツに機械でつけたかのよう——、目を見開いて驚いた。

青黒いまつ毛が生い茂る。

死んだヴィーナス像にたくさんの植物が生えてユキノシタになったので、大理石は細胞分化を始め、傑作はもはやただの肉になってしまう。

おお、ピュグマリオン[049]は、馬鹿ではなかったのなら彫像を作れたはずなのに、女を作ってしまったので落胆したものだが！

デュー氏はそれ程ありきたりではない。

というか、そうならもはやデュー氏ではないだろう。

彼はアダムから取り出した肋骨を本人に返そうとする。

少なくとも、しゃぶった骨を返す。

それがまさしくジョゼブ夫人の考えだ。

小さな動物（女というものはまっ裸でいれば、大柄であっても必ず小さな動物になるのだ）は座ったまま、重いまぶたをぎゅっと閉じて顔をいっぱいに広げ、もう一対のより重いダマスク織[050]を持ち上げて、短くそっけなく、「ああ！　わが神よ《驚いた》！」と言う。

彼女の神ということだ。

エマニュエルや、だとか失礼な言葉で呼ぶだけだろう。エマニュエルに呼びかける時の言葉など夫人は考えていない。

彼女は自分の神について話しているのだ。

ジョゼブ夫人の。

あらゆるジョゼブ夫人たちの。

ご夫人たちが、

「あたしの犬がね」だとか「あたしのお針子さんがね」だとか言うように。

あとは

「あたしの旦那がね」だとか。

ただ、「あたしの旦那」と言う時はもっと誇らしげに口を開けるが。

旦那が犬と針子の金を出しているので、それらを含んでいるからだ。

子供がプードルのしっぽに鍋をつけてややこしくするように、ご夫人たちはそういうものに「さらなる重要性を与える」のだ。――

そんな神に興味はない。

「あたしの女中が何て言うかしら」

夫人が加える、同じ種類の単位だ。

「こんなふうにあたしの時間を無駄にさせるなんて馬鹿げてるわ！」

エマニュエル・デューは、彼女の時間も他の誰かの時間もまったく使ってはおらず、永遠を数立方メートル使っただけだということを夫人に言い忘れている。

「何時かしら」

それから突如、現世の憎しみをすべてぶつけて、

「さっきあたしを眠らせたわね！」と言う。

エマニュエルは、夫人が物語にふさわしいか否か、彼女に「もう一人の女」――ミリアム！――を見せる鏡を作り出すべきか、否定すべきかを考える。

劣ったもの、あるいは「相対的なもの」に対して、もっとも信用できる嘘をつくことにする。

彼女に「絶対」を白状するのだ。

「どうしてか分かりませんが、あなたはヒステリーを起こしたんですよ。

私のことを短刀で刺そうとしたんです――ほらこれが刀根で――シーツに小さな三角形がはっきり残っていますよ

ね。

私は自分の死者を、控え書類通りに受け取るのが習慣なんです……

聞き分けの悪い子供を静かにさせるのは私なので、あなたにねんねするように言ったんですよ！」

「あなたはそんなことをしたのね！　ほんとにあなたは狂っていますわ！

おお、大好きよ。もっと眠らせてちょうだい。ねんねって言ってくれない？

いえ、違うわ！　あたしにお話を聞かせているんでしょ。

女を眠らせるのは、小説と病院の中でだけですもの。

その証拠に……！

さっきあたしたち何してたのかしら……だって刀で刺そうとしたっていうその話、あんたのでっち上げでしょ」

「愛しい人よ、私たちは……」

「分かってるんでしょ！　あんたは……変わってなくて……あたしが二時間前から眠っていたと思わせようとなさっている！」

何かを証かすことができるうちは、夫人は「証拠」を握って離さない。

彼女は一人の男をまた見いだした。

彼女にとっては神を見いだすよりもはるかに快いことだ。

エマニュエルは何も言わないわけにはいかない。

公証人であるアダムから骨つき肉を取り返す。

ソシテ言葉ハ肉トナッタ。

「ソシテ宿ッタ？」

「その通り」

十二　嘘つく権利

ヴァリアの性器は、仮面につける眼遮帯。

デュー氏の目は、彼がまっ裸でいる時でも背広につけるブローチで、「真理」に向かって開かれている肉の扉。

「真理」は一つしかない。

それ以外の、数え切れないほどあってまさしく無限に連続する——つまり「一」以外のすべての数のぶんだけある——事物は、この「真理」ではない。

現在ある嘘、ないしありうる嘘の量を書き表すと次のようになる。

∞−1
=∞

この「真理」を手に入れることは誰にもできない。神《デュー》が握っているわけだから。

エマニュエル・デューか「もう一人」ということだ。

この二人が、美しい普遍的な嘘が綻《ほころ》びなく調和するのを妨げている。

二人は嘘の性器で、雌の性器のように穴型だ。

二人が自らの「真理」を自分のもとにとどめている間、この性器は妻のいない箱となる。

隙間がなくなるから、いつも何かが、当然「真理」ではない何かが「真理」箱の中にこぼれ落ちている。

男好きなこの「ご夫人」の人生について書くなら、題は『真理のケース』になるだろう。

あらゆる嘘の「単位」を迎えるたびに、目下の愛人が「真理」という名前になる。

だがその「単位」たちは、自分の愛人が存在している「真理」ではないということを知らずにいる。

どこに「真理」があるのかを知りながら、実に完璧かつ多彩な方法で絶え間なく嘘をつけるのは、神《デュー》（エマニュエルか「もう一人」）だけ。

自分が「真理」を秘めているのだと分かっているから、確実に嘘がつけるのだ。

デュー氏が真理を漏らしたら――自分のことを漏らして身を任せたら、売春婦になってしまうだろう。

それとは別のことを漏らすなら、「真理」を言っているのだと人々から思われるかもしれない。彼はきっと、自分の秘めている「真理」に明らかに反することを言うよりも、人々の信じる「真理」に近いことを言うだろうから。

よって人々から理解されるには、嘘をつきながら話すしかないことを確信している以上、デュー氏にとって、つくのはどんな嘘であっても構わない。

それが他人へと向かう道なのだ。

もし――最短距離がいいのなら。

デュー氏はさまざまな人にさまざまな嘘を、同時にそして進んでつく。それらの嘘は、実際には彼から限りなく離れているものの、同じ方向に並んでいてお互いには離れていないわけだから。

人々の道理に沿って話すなら、人々に嘘をつくことにはならない。

だが自分に嘘をつくことになる。

デュー氏が人々みんなに嘘をつくと、自分の巣のどの円周からもいっぺんに遠ざかるニワオニグモのように、自分の中心という元の位置に戻ることになる。

そうなると、エマニュエルとヴァリアという嘘つき女の違いは何だろうか。

女たちは道をあちこちぶらつきながら嘘をつく。

細々したことを織り交ぜつつ。

分析的に。

ミリアムは（催眠術にかけられた人は意志が弱くなるので、防衛本能によって嘘をつくのが常だが）、エマニュエルの意志の向きに従って嘘をつく。

彼が即興で話す「真なるもの」を記録する。

ミリアムはエマニュエルの望み通り、絶対の「真理」なのだ。

人間の「真理」とは人間が欲するもの、つまり欲望。

神の「真理」とは神が創造するもの。

人間でも神でもない者――エマニュエル――にとって、彼の「真理」とは、自分が欲望するものを創造することである。

十三　メリュジーヌは台所の下働き女中で、ペルティナクス帝はクルミの殻取り男だった[051]

幕間劇。空から星が降る。
『反キリスト皇帝』[052]より

物々交換をするかフェンシングで相打ちするかのように、デューが公証人から肋骨を取り戻したのと同じ動きで、公証人の妻はデューからミリアムを盗み返す。

ミリアムは存在するためにヴァリアを消し去っていた。「神の妻《デュー》」の金色のまぶたは口のように、ジョゼブ夫人の黒いまつ毛と眉毛を食べ、紫色の髪まで飲んでいた。

これと同じように飲み食いして、ジョゼブ夫人がミリアムにそっくり取って代わったのだ。

ヴァリアの大理石製のまぶたは白く、ランプのつや消しのほやが眩い光を秘めていることを思わせるようであり、その上のまつ毛は、生きている喪中の旗を意気揚々と並べて柵にしている。

銃剣か、軍隊にある何か尖った物の黒い輪郭みたいだ。

汚い星が発する光のように、遠くにあっても刺してくる。

銃剣が伸びたら、銃剣が交わり合っているまさにその目がつぶれることは確実だ。

銃剣は火かき棒となって、絶対の愛の火床を荒々しく掻き立てる。

こうしたことすべてを考えるデュー氏は、絶対に《アブソリュマン》狂っているに違いない。

絶対の《アブソリュ》＝嘘《マン》をつく。

言葉当て遊びだ。

最初の語が形容していないものが、次の語の主語になる。

世界にあるすべてのものは、この動詞かこの形容詞によって定義されているのだ。

デュー氏の脳が回転し、ヴァリアが彼に向かってやって来た旅の全地点を辿り直す。

辿り直すのは彼であるわけだから、他にしようがないのだが――それを絶対において表現する。

栗の木の森。

棘、炎、グラジオラス。

ミリアムの心臓に刺さった七本のシダの剣。

公証人がこつこつと作った植物標本の間で、たいへん苦労して乾かした手が――どんな盗みをはたらくために、公証人はこの栄光の手[053]をこしらえたのだろう！――閉じる。

丹念で冷酷なダンゴムシが同じように丸くなる。

怪物が握りしめる。

「憐れみたまえ……」

いや、何でもありません。

気にしないでください。

たくさん棘のあるこれらの丸いもの……

まさに星が降ってきたのだ。

といっても緑に光るものだけ。

それぞれの星座で光度がいちばん低い星たちだ。

ここ地上にはヴェガ、シリウス、くじら座アルファ星、ポルックス、レグルス、プロキオン、こと座ガンマ星、やぎ座、アルタイル、北極星、カストル、金星[054]があるけれど！

地上の環境に適応しようと、星たちは栗の木の下で丸くなる。

栗のように緑色のハリモグラそっくりになるのだ。

若い実の色をしているわけだから、植物性のハリネズミとも言える。

栗とは、熟していない星なのだ。

ミリアムの顔色は、熟していない星のように白い……

くすんだ真珠だ。

だがこの小さなハリネズミたちの棘はすぐに腐り、まつ毛の生えたヴァリアの仮面であることが分かる！

実に完璧に仕上げられた仮面だ。

「子供」だった神《デュー》が読んでいた象形文字という方法を横取りしたのだ。

仮面は頭をすっぽりと覆っている。

影像に穿たれたまぶたのない目が、視線を逃がさないのと同じように。

同じ形をしたヒカゲノカズラは、胞子嚢から毒薬を荒々しく淫らに放ち、人を死に至らしめる。

これは文学においてということで、他のところでは薬剤師が粉の上で丸薬を転がしている。

人を死に至らしめ、死んだ人に防腐処理をして栄光を与えるから、没薬のようなものだ。

栄光あるものは、汚い覆いの下に隠れている。

ホコリタケ《オオカミのすかしっ屁》。

臭《ピュ》……

純白《ピュルテ》。

オコジョだ！

紋章に描かれる「純白」は薄黄色い鼻づらが赤くなるほど、柵の間を掘るように、ハリネズミという臭い動物の棘の間にある汚いものを掘り出してしゃぶる。

まっ白な色がよみがえる。

動物の形をしたサヴォア地方のお菓子は黒いチョコレートに覆われ、そこに明るい棘が刺さっている。

球にアーモンドの棘が生えている。

アーモンド。

フロリアン[055]の寓話だ。

「クルミは実に美味しいが、割らなければならない。

……少しは働かなければ……」という寓話。

昔デュー氏は働いたことがある。

オオカミ使い――ラキール氏！――と戦って、ずんぐり尖った大きな木靴を、公証人の家のドアに挟んだのだ。

デュー氏はごく幼い子供だったし、中に入っているものを見るのが怖かったから、木靴の殻を取ったことはなかった。

おそらくラキール氏の足がオオカミにむさぼられて骨になり、足根骨[056]がカタカタと微かに鳴る音が、木製の小さな棺の中で響いていた。

「ラ」、と音叉が言う。

ヴネル夫人のペーパーナイフが振動している。

アーモンド。

ところでデュー氏はアーモンドが好きなのだろうか。

「この女は俺のことを愛しているのか？」

「二人は台所で愛し合ったばかりだったのよ……　あたしは、あなた様がお望みのもの」

取り戻した没薬は焦げ臭い。

大蛇の紅柘榴石は流しの上で溶けてしまった。

メリュジーヌは台所の下働き女中だった……ペルティナクス帝もエプロンをつけている。

デュー氏が、立派に光る短剣でハリネズミを心臓まですばやく切り分けると、アーモンドの棘の根元には純白のクリームがある。

メリュジーヌという、蛇のしっぽとヒバリの羽をもつ海の怪物《セイレン》は、光る物体が揺れているのを少し見ただけで、お話を聞いている子供のように眠ってしまう。

十四　愛の魔女

「ねんねだよ赤ちゃん、お話をお聞き。

美しくないかい、お前のかわいいシェヘラザード[057]は」

「聞きます。

美しいわ。

妹よ、お眠りでないのでしたら……」

「気分はいいか？」

「いいですわ」

彼女の体がこわばって壁に四五度の角度で寄りかかっているのは、強硬症になっているから。

「船乗りシンドバードの第五の旅[058]だよ。

よくお聞き、他のことは考えなくていい。

ジョゼブはいない。

ジョゼブは旅に出ている。

ジョゼブはシンドバードなんだ」

「シンドバードなんですね」

「お前は『海の老人』だ。

俺と同じく体は若いけど、お前はとても年を取っている。

俺はお前より七十四万年だけ年を取っているに過ぎない。

お前は一人旅をしている人を、川辺で待ちうけている」

「シンドバードが見えますわ。

シンドバードが今夜やって来ますわ」

「俺の意志を話す前に分かってくれたね。

お前はそいつに、果物を摘みたいから向こう岸まで運んでくれるように合図するんだ」

「おお、果肉の多い金の桃や、砂糖でできた孔雀の尾のような葡萄があります！

あたしの口がびしょ濡れになってしまいました。

口を拭わせてくださいませ」

「そんなすぐにじゃなくていい。

果物を見るはずの一時になっていない。

お前は考えれば時間がちゃんと分かるだろ。俺と同じく、時間の神《クロノス》と同じくらい年を取っているんだから。

夜の十一時になったらお前は眠り込んで、シンドバードを待ちうけるはずだ。

皮膚が牛革みたくなっている腿を（お前は『海の老人』であることを思い出せ！）、奴の首に巻きつけるんだ。

——

奴が川を渡る時、首に巻きつけた腿をぎゅっと締めてやれ。

クリストフォロス[059]が浅瀬の向こう側から俺を運んだ時——俺は世界を担いでいて、すごく体が重たいから、いつまでたっても泳げないのは確かだが——、彼は大木に寄りかかっていた。

ただクリストフォロスは大男、それも若くて逞《たくま》しい大男だったけど、シンドバードは白いひげを生やした老いぼれの行商人だ。

川を渡ったら、シンドバードの首をぎゅっと締めてやれ。

気をつけろ！

シンドバードが川の流れを渡りきったぞ。だけど体中がワインまみれだ、ひょうたんに入っている葡萄をつぶしてしまったんだ。奴の白いひげにこぼれた赤い液体でくすぐったくなり……

（もうくすぐったくないから、笑うのはおやめ！）

……お前の腰から膝まで染みがつく」

「怖いわ！

目が回る！

あたしを支えてください、落ちてしまう！」

「酔っ払ったシンドバードは双錨泊《そうびょうはく》[060]していたお前を肩から外し、レスラーはもう両肩を押さえつけられてはいないから、ずる賢いインド航海者《アンディコプルースト》は、『海の老人』の頭を石でカニのようにつぶそうとするぞ！」

「怖いわ……

痛い！」

「お前の脚というペンチを絞首刑用の鉄環にして、ひげもじゃのおべっか使いの頸動脈を締めて殺すんだ。

罠にかかったスズメを見たことがあるだろ。

あんなふうにシンドバードは横たわるはずだ」

「ご主人様、あなたの意志に従って、仰せのままになるでしょう」


ジョゼブとヴァリアはベッドにいる。

朝日が金色の小びん（いちばん薄い金色は、空になったグラスの色だ）の中に昇った時、公証人が、酔っ払って毛皮でできた長いひげをまといながらよろよろと事務所から出て、色のより濃いこの小びんである妻の方に向かったのだ。

見た目の悪い男だが、ヴァリアは彼を見ていない。

置き時計に命じられて眠ったのだ。

彼女の目は閉じているものの、まぶたがピクピクしているのは自分が口づけしたからだとジョゼブは思い込む。

脚が引きつっているのはその証だと思っていると、容赦なく収縮して彼の首を締めつけてくる。

年寄りシンドバードの体が、酔っ払ったというよりも首を吊られているように揺れ動く。

強硬症にかかっている絞首刑用の鉄環は（女性の腿においては櫛状筋《しつじょうきん》と三つの内転筋[061]が異常発達するし、加えて、男性では十八人に一人しかない腰筋[062]がある点でも男性と異なるのは周知の通りだ）、鉄の原型よりも避けがたく死をもたらす。

だが首吊りは老人を若返らせる。

チビの男は三頭筋[063]に同時に力を入れて生身の首輪を外すと、今度は自分の腕を従順な女の腰に回して抱きしめ、口づけすると同時に鼻息を吹きかけて、彼女を目覚めさせる。

メデイア[064]が、義父を若返らせた結果はこのようになると分かったら、きっと大喜びしたはずだ。

エマニュエル・デューは、ランプの笠という矢筒から天井へと飛び出た円盤状の月の下で、閉まりの悪いドアの隙間から、自分のしたことの予想済みの結果を見ていた。

恥じらいからゲロをまとったアダム――二十世紀のアダム――が、「もう一人の神《デュー》」が切り取った半身を自分の体に繋ぎ直すのを……

初めに。

数千年前から空間的に自立していた器官である**卵巣**《オヴェール》は吸収されていった、普遍的で唯一の「人間」である**公証人**《ノテール》の中に。

被昇天が果たされたので、エマニュエル・デューは青い屋根裏部屋という空へと、心穏やかにまた昇っていった。

十五　神《デュー》の妻

条虫ダケ。


神の霊は水の上にいた……

屋根裏部屋の窓際で。

公証人が放ったらかしにしたノコギリの音をサヨナキドリの鳴き声が受け継ぎ、ランポールで斜め交互に並ぶプラタナスの中で夜通し響き、油を求める手押し車を押して回った。

エマニュエル・デューに聞こえてくる悔恨は、耐えがたく軋むこの音だけであった。

正義の女神がガタガタ揺れながら近づいてくるのがこれで分かって満足した。

だが正義の女神の乗った手押し車に油の滴を施すのは、デュー（エマニュエル）の番ではない。

もう一人の神《デュー》の方が、太陽の発する黄色く心地よい涙を車に注いだのだ。

その献呈を受ける日であった。

エマニュエル・デューはよく分かっていた、ヴァリアが殺し、た、の、で（現世の肉体によって世界を消滅させることよりも現実的に、「絶対」から追放して――楽園を閉ざした天使の持つ炎のつるぎである、まさにその短刀を使って――殺したので）、自分がミリアムを殺したわけではないことを！

反対に。

本当のミリアムはヴァリアの外にいた。

ランポールのプラタナスの木々と、階段状に連なる家々の上にいるエマニュエル・デューは、黄色くなっていく静かな外に向けて開けた窓から、何よりも高い丘の上に立つ「われらが婦人《イトロン・ヴァリア》」像をじっと見つめた。

聖処女のドレスの下に足がある。

竜を踏みつけているかどうかは見えない。

靴底には、稠密な花崗岩製の段が三段と台座全体がある。

そこでは何本もの細い小径が這いつくばり、丘のまわりを蛇行して、製粉業者の並ぶ小川沿いへと水を飲みに来ている。

来るのをどこでやめているのかは、そいつらの頭を前にして見るのをやめたので、エマニュエル・デューには分からなかった。

ありえなくはないことなので、頭は台座の下で踏みつぶされているのだと思いなした。

羊皮紙の端がまくれ上がるように小径が地面から浮かび上がっているところなど、どこにもなかったわけだから。

地面は蛇で織りなされている。

日曜のちょうどこの時間に行われるミサの行進が始まり、舟のような細かく描かれた人物像たちからなる人波が、小径を通ったり、草原というビロードの毛布の上を這ったりしながら伸びてきて、寒そうにとぐろを巻いた。

大海蛇リヴァイアサン[065]もやって来て、ミリアムの小さなかかとが軽々と上げている花崗岩のブーツの下で、三角形の頭をひれ伏した。

風が吹きつけてきて海の怪物《セイレン》の歌がかき消され、怪物の背びれと同じ調子で進んでいた小舟たちが道の方に逆立てられて震えた時、まさにこの風で遊ぼうとして小さな子供たちが走ってきた。

子供たちの持っていた凧が揚がると、ミサの行進で運ばれている十字架よりも高く白い凧の十字架が（「聖墓」に埋葬しているあいだ祭壇に掲げる、経帷子で覆った十字架のように）揚がり、ヒバリが飛ぶ時のようにしっぽが伸びた。

メリュジーヌだ……

ランポールに多いにわか雨が降ってきて――エマニュエル自身は泣きたくなかったわけだから、きっと**もう一人**の神《デュー》が泣いていたのだろう――、風が止んだ。

クサリヘビが他の蛇から隠れて絡まり合って眠るのと同じように、朝日をもたらす大蛇ピュトン[066]が雲の下に潜り込み、耳の垂れた頭を隠しに来た。

エマニュエルは降りて、蛇で織りなされた絨毯を通っていって凧と並んで祈ったが、「アヴェ・マリアの祈り」の結びの言葉[067]を、状況を考えて次のように変えた。

「……私たちのためにお祈りください……

私たちが死を迎える今この時に」。

終

一八九九年二月二十日

註

昼と夜

001――ルイ・ド・ブサネル（Louis de Boussanelle 一七二〇－八八）。フランス王立軍の代将。

002――［原註――シングルム：私をひとりきり《サングル》で一文無しのままうち捨てました（リュトブフ）。］リュトブフ（Rutebeuf）は十三世紀に活動したフランスの詩人。引用はリュトブフの戯曲「テオフィルの奇蹟」冒頭の以下のくだりより。「司教はまさしく『チェックメイト』と言い、／私を角に追いつめ、／私をひとりきりで一文無しのままうち捨てました。」

003――パリ八区にある大通り。

004――一八五五年のパリ万国博覧会の際に建てられた建物。一八九六年解体。

005――オカルトの概念で、生体を取りまく目に見えないオーラないしエクトプラズムのようなもの。

006――いずれも南米アンデス地方に生息する偶蹄目ラクダ科の動物で、毛が織物に利用される。

007――アルトゥール・ショーペンハウアー（Arthur Schopenhauer, 一七八八－一八六〇）。ドイツの哲学者。

008――フランス西部ブルターニュ地方の町。

009――ベトナム北部の呼称。

010――フランス陸軍の制帽。円筒形で庇がついている。

011――アミアンはフランス北部ピカルディー地方の町。リールはフランス北部ノール地方の町。

012――古代ペルシアに存在したメディア王国の首都。現在のイラン北西部の町ハマダーン。

013――アリュアンはリールの北東、ベルギーとの国境にある町。メーネンはアリュアンの隣、ベルギー西フランドル地方にあるフランスとの国境にある町。

014――ハンス・メムリンク（Hans Memling 一四三三頃－九四）。フランドルの画家。

015――ベルギーの西フランドル地方にある町。

016――古代ギリシアにおける精霊。裸の若い娘の姿で描かれることが多い。

017――後期ゴシックの建築様式。窓の格子が炎のように波打つ形をしている。

018――サミュエル・テイラー・コールリッジ（Samuel Taylor Coleridge 一七七二－一八三四）。イギリスの詩人・批評家。以下の詩はコールリッジの詩「老水夫行」（一七九八年）をジャリが仏訳したものの一部。

019――アリストファネス（Aristophane 前四四五頃－前三八六頃）。古代ギリシアの喜劇詩人。「書簡を巻きつける棒」は、アリストファネスの戯曲『女の平和』（前四一一年）の以下のくだりへの暗示。「執政官『だがこのごろつきめ、お前のそれが破廉恥に立っているぞ。』／使者『まさか、そんなことはない。冗談はやめてくれ。』／執政官『ではそれはいったい何だ？』／使者『ラコニア風の伝言を巻きつける棒だ。』」

020――十二－十三世紀に北フランスで活動した吟遊詩人たち。

021――昔の木管楽器で、クラリネットの前身。

022――中東で製造されていたごく薄い金属。

023――古代、竪琴の弦を弾くために使われた象牙製のピックのようなもの。

024――脊椎動物と原索動物を合わせた動物群。

025――ヴィクトル・ユゴー（Victor Hugo 一八〇二－八五）。フランスの作家。

026――アルフレッド・ド・ミュッセ（Alfred de Musset 一八一〇－五七）。フランスの作家。

027――ギ・ド・モーパッサン（Guy de Maupassant 一八五〇－九三）。フランスの作家。

028――エミール・ゾラ（Émile Zola 一八四〇－一九〇二）。フランスの作家。

029――ピエール・ロティ（Pierre Loti 一八五〇－一九二三）。フランスの作家。『死と哀れみの書』（一八九一年）はロティの短編集。

030――イタリアの即興喜劇「コメディア・デラルテ」の登場人物で、間抜けな老人。

031――「コメディア・デラルテ」の登場人物で、ずる賢くて臆病な道化師。

032――「コメディア・デラルテ」の登場人物で、抜け目のない女中。

033――イギリス起源の、リズムの速い民衆舞踊。

034――ハンス・ホルバイン（Hans Holbein 一四九七／九八－一五四三）。ドイツの画家・版画家。

035――あらゆる年齢や身分の生者が骸骨たちのダンスに引き込まれて踊るという、中世末期に流行したテーマ。

036――ラテン語の警句「人よ、お前は塵から生まれ、塵に戻ることを思い起こせ」より。

037――フランスの作家レミ・ド・グールモンの愛人ベルト・ド・クーリエール（Berthe de Courrière 一八五二－一九一六）への暗示。

038——フランス軍が一八八六年から一九三九年まで使用した、口径八ミリの連発銃。

039——自転車の前輪軸とハンドルを支えるフレーム。

040——いずれも淀んだ水に生息する甲虫目の昆虫。腹に溜めた空気を吸って水中で活動する。

041——銃の引金のまわりを囲む金具。

042——スズメ目の小鳥。羽毛は緑灰色で黒い斑点があり、頭部に黄色ないしオレンジ色の帯がある。

043——フリードリヒ二世（Frédéric II le Grand　一七一二－八六）。プロイセン王（在位一七四〇－八六）。

044——シャルル・クロ（Charles Cros　一八四二－八八）。フランスの詩人・学者。引用はクロの詩集『白檀の小箱』（一八七三年）所収の詩「夜景画」冒頭の以下の詩句より。「ざわめく森よ、星空よ、／悲しみにくれるわが心を奪って／最愛の人は去ってしまった！／悲しげにざわめく風や、／サヨナキドリのうっとりするような鳴き声が／私は死んでしまうとあの人に伝えてほしいものだ！」

045——イングランド中部ウォリックシャーの町。

046——リュミエール兄弟による世界初の映画《シネマトグラフ》上映会は一八九五年十二月。

047——ルイ・デブレ（Louis Deibler　一八二三－一九〇四）。フランスの死刑執行人。

048——アンシャン・レジーム期にパリなどの大都市にあったスラム街。昼に不具を装って施しを受けていた乞食たちが、夜には「奇蹟のように」健康になり、儲けた金でどんちゃん騒ぎをしていた。

049——「ルカによる福音書」第八章への暗示。イエスが、ある男の体に取り憑いていた悪霊たちを追い払うと、悪霊たちは群れの豚の体の中に入ることをイエスに求める。イエスがこれを許すと、悪霊たちが入った豚の群れは崖から湖の中に駆け込み、溺れ死ぬ。

050——『千夜一夜物語』の「こぶ男の物語」への暗示。十人の盗人が乗った船に誤って乗ってしまった床屋が、あやうく他の盗人と同じく首を切られそうになる。

051——トマス・ド・クインシー（Thomas De Quincey　一七八五－一八五九）。イギリスの著作家。「ローマ執政官《コンスル・ロマヌス》」の語はド・クインシーの自伝小説『阿片常用者の告白』（一八二一年）第二部に登場する。ド・クインシーはこの「もっとも荘重で恐ろしい響きがあり、ローマ人の威厳をもっとも力強く表す」語を好んでおり、夢の中でこの語が聞こえると、古代ローマの将軍が軍勢をともなって現れるさまを見る。

052——ローマ皇帝ハドリアヌスの愛人として寵愛を受けた男。

053——『千夜一夜物語』の「アリババと四十人の盗賊たち」の話への暗示。盗賊たちが油壺に隠れるが、奴隷女モルジアナによって沸騰した油をかけられて皆殺しにされる。

054——フランス中部サントル地方の町。

055——イソギンチャクやサンゴなどの、固着的で放射状の動物の古い分類名。

056——ゲルマン神話やスカンジナビア神話における水の精。

057——フランスの作家フランソワ・ラブレーの小説『ガルガンチュアとパンタグリュエル』の主人公。「北極海の青色や赤色の言葉」は、ラブレーの小説『第四の書』(一五四八年)第五十六章への暗示。パンタグリュエルが大海原の上で、さまざまな色のキャンディーのような形をした「凍った言葉」を手で溶かすと、そこから音や声が発される。

058——以下はいずれもブルトン語(ブルターニュ地方で話されている言語)の単語で、意味はそれぞれ「あくび」、「くしゃみ」、「ため息」、「吐息」。

059——ミサを始める時に司祭が言う挨拶の言葉。

060——ギリシア神話における冥府の川。死者の霊がこの水を飲むと、地上での生の記憶を忘れてしまう。

061——「マルコによる福音書」第十六章十八節より。「信じる者には、次のような奇蹟が伴うであろう。すなわち〔…〕彼らは毒を飲んでも決して害を受けない。」

062——『阿片常用者の告白』第二部にある表現「おお、公正、精妙にして強大な阿片よ」より。

063——黄色い結晶。軟膏や粉末状にして、粘膜や傷口の消毒薬として使われる。

064——『千夜一夜物語』の「海のシンドバード」のエピソードへの暗示。シンドバードは死者たちの積み重なる洞窟に生きたまま埋葬されるが、彼は同じく洞窟の中に生きたまま埋葬されてくる者を死者の骨で殴り殺し、食べ物を得る。

065——天然樹脂の一種。傷口を乾燥させるために使われる。

066——メスで皮膚を乱切りして吸角で瀉血する医療法。

067——カエルなど、無尾目の両生類の総称。

068——アワビ、ウミウシ、カタツムリなど、巻貝を持つ軟体動物の総称。

069——心臓の右心房と左心房との間の壁に開いている穴のこと。穴は胎児期にのみ開いており、生後すぐに閉じる。

070——ギリシア神話における音楽家。アポロンと音楽を競って敗れ、首を吊られて皮剝ぎの刑に処される。

071——光が弱くなると視力が著しく低下する症状。

072——ピーテル・ブリューゲル(Pieter Brughel 一五二五頃–六九)。フランドルの画家。「盲人たち」とは、ブリューゲルの絵「盲人たちの寓話』(一五六八年)のこと。

073——いずれも天体の位置を定義するために用いる座標。天体が地球を中心とした天球上に張りついていると考え、その東西方向の角度を赤経で、南北方向の角度を赤緯で表す。

074——「マタイによる福音書」第十五章十四節への暗示。「彼らを放っておきなさい。彼らは盲人を導く盲人である。もし盲人が盲人を導くなら、二人とも穴に落ちる。」

075——ギリシア神話における海の女神たちネーレーイデスのうちの一人。

076——ギリシア神話における海の神。

077——ギリシア神話における地中海の神。

078——ギリシア神話において、円形の大地を取り巻いて流れるとされる大河あるいは大洋。

079——海流による渦が発生するメッシナ海峡(イタリア本土とシチリア島との間の海峡)のこと。

080——ヘラクレスはギリシア神話の英雄。ヘラクレスの柱とは、ジブラルタル海峡の入口を挟む二つの山の古代の呼称。

081——ギリシアの東海岸にあるスポラデス諸島のこと。

082——ギリシア神話における巨人族の女。

083——ギリシア神話における月の女神。

084——フランソワ・ラブレーによれば、オベリスクの形をした灯台のこと。

085——フランスの作家ヴォルテールの哲学的小説『ミクロメガス』(一七五二年)に登場する巨人。

086——イオニアは現在のトルコ南西部、エーゲ海沿岸の古称。この地で使用されていた文字であるイオニア文字は、古代ギリシャでアルファベットとして採用された。

087——ギリシア神話における、下半身は魚、上半身は女の姿をした海の怪物。魅惑的な歌声で船人を惹きつけて遭難させる。

088——ミゲル・デ・セルバンテスの小説『ドン・キホーテ』前篇(一六〇五年)第二十章からの引用。夜、ドン・キホーテとサンチョは不気味な森の中で足止めを食らう。嘆くドン・キホーテを慰めようと、夜が明けるまで面白い話をしようと申し出るサンチョにドン・キホーテが言うのが引用の言葉。

089——ジャリが「発明」したという「科学」。

090——ルネ・デカルト(René Descartes 一五九六－一六五〇)。フランスの哲学者・数学者。世界に空虚は存在しないので、物質が移動する時はすべてのものが連動し、その運動は輪になると論じた。

091——フランスの作家シラノ・ド・ベルジュラックの小説『日月両世界旅行記』(一六五七年、一六六二年)の以下のくだりからの引用。「蠅が羽で空気をわずかに押しやると、このわずかな空気が前にある別のわずかな空気を押しやり、その空気がさらにまた別の空気を押しやるわけだから、これと同じように蚤が脚を動かすと世界の裏側にこぶができると考えるのは、あまりにおかしなことでしょう。」

092——ゴットフリート・ヴィルヘルム・ライプニッツ（Gottfried Wilhelm Leibniz 一六四六－一七一六）。ドイツの哲学者。

093——『ドン・キホーテ』の登場人物で、百姓女をもとにドン・キホーテが想像で作り上げて恋い慕う、美しい貴婦人。

094——それぞれ、ゾロアスター教における悪魔ないし悪の原理と、神ないし善の原理。

095——ドイツの哲学者・心理学者グスタフ・テオドル・フェヒナー（Gustav Theodor Fechner 一八〇一－一八七）のペンネーム。以下の球体についての理論はフェヒナーの『天使の比較解剖学』（一八二五年）による。

096——クロード・ベルナール（Claude Bernard 一八一三－七八）。フランスの生理学者。

097——フランスの哲学者アルフレッド・フイエ（Alfred Fouillé 一八三八－一九一二）による概念で、どんな心的要素も観念であると同時に行動を起こす力であるとされる。

098——ブルターニュ地方にある町サン＝タンヌ＝ドーレーのこと。カトリックにおける聖アンナへの巡礼地。

099——ブルターニュ地方にある町。巨大なメンヒル（新石器時代に立てられた巨石）の列があることで知られる。

100——サン＝タンヌ＝ドーレーの南西六キロのところにある町。

101——多年生の植物。多くは白い花をつける。

102——歯車とポンプのあるオイルランプ。

103——トマス・カーライル（Thomas Carlyle 一七九五－一八八一）。スコットランドの著作家。「フクロウの糞」は、カーライルのエッセイ『最後の日々の諷刺文』（一八五三年）第三章の以下のくだりからの引用。「このような衒学的な戯言や卑猥なフクロウの糞が、長い間あわれな人々の住処であったこの地域に山のように積み重なっている。」

104——巨大なハンマーを落下させ、下に置かれた金属を変形させる製鉄所の機械。

105——パリの中央にある大通り。

106——昔の容積の単位。半スティエは、パリでは四分の一リットル。

107——パリ四区にある通り。

108——パリ八区にある教会。

109——パリ一区にあったルーヴル百貨店のこと。

110——パリ六区にある百貨店。

111——パリ一区にある大通りで、端にはオペラ座がある。

112——パリ二区にある通り。オペラ座近く。

113――パリ八区にある通り。マドレーヌ寺院の裏手。

114――フランス南西部アキテーヌ地方の町。

115――フランス東部ロレーヌ地方の町エピナルで生産されていた大衆向け版画。

116――ラヴァショル Ravachol（本名フランソワ・クローディウス・クニグスタン François Claudius Kœnigstein 一八五九－九二）への暗示。フランスの無政府主義者。

117――フランス東部の地方。

118――硝化綿をエーテルとひまし油に溶かしたもの。傷口を治療する絆創膏として使われていた。

119――パリ西郊外にある町。当時は拘置所があった。

120――パリにある有名な出版社。

121――ハンガリー産の下剤水。

122――パリ九区にあるミュージック・ホール。オペラ座とマドレーヌ寺院の間にある。

123――パリ八区にある通り。マドレーヌ寺院近くにある。

124――フランス南東部の地方。

125――フランス北西部の地方。

126――独特の甘い匂いがする無色の液体。麻酔薬として使われていた。

127――聖書において、住民の不信心と不道徳が理由で神によって火と硫黄で滅ぼされた町。

128――ギリシア神話において、地獄の山頂に岩を持ち上げるが、山頂の直前で岩は転がり落ちるのでまた岩を持ち上げるという、永遠の責苦を課されている男。

129――聖アンナ聖堂に納められている奉納画に書かれた、聖アンナによって起きたとされる奇蹟の記述より。原文は「エレーヌ・シュアスは医者から見放されていたので、母によって聖アンナの庇護に委ねられていたところ、双頭の蛇を吐き出して健康を取り戻した。」

130――モーセの十戒の一つで、「隣人の財産を欲してはならない。」

131――「ヨハネによる福音書」第十九章三十節によれば、十字架にかけられたキリストが、息を引き取る前に言った最後の言葉。

132――ギリシア神話におけるダナオスの五十人の娘たち。冥界で、底のない壺に水を汲み入れるという永遠の劫罰を受けている。

133――チョッピー・ウォーバートン（Choppy Warburton 一八四三－九七）。イギリス人の自転車レーサー。多くの世界チャンピオンのトレーナーを務めた。

134――パリ一帯を中心とする地方。

135――実際はモーリシャス島にある岩山。

136――セーヌ川にかかるパリの橋。

137――小児に多い伝染病。高熱が出て、全身に赤い湿疹、喉や口内に粘膜疹が現れ、その後足や手などの表皮が剝離する。

138――バニラ風の香りがする香料。

139――パリ五区・六区にある大通り。

140――パリ八区・九区にある大通り。

141――ギリシア神話における占い師。

142――生ゴムに硫黄を加えて作る、黒くて硬いゴム。

143――ロイ・フラー（Loïe Fuller 一八六二－一九二八）。アメリカ出身のダンサー。全身にまとう長い布に光を当てながら踊るダンスによって、世紀末のパリで大人気を博した。

144――フランスの作家J・H・ロニーの小説『クシペユズ星人』（一八八七年）に登場する宇宙人で、青い光を放つ円錐形の生命体。

145――パリ十四区にあるミュージック・ホール。

146――フランスの政治家フェリックス・フォール（Félix Faure 一八四一－九九）への暗示。当時は大統領を務めていた（在任一八九五－九九年）。

147――紀元一世紀頃に活動した、古代ローマの作家パエドルスの寓話「牛と山羊、雌羊と獅子」の以下のくだりへの暗示。「牛と山羊と雌羊が大きな鹿を捕まえ、取り分が決まると獅子がこう言いました、『俺が最初の取り分を持っていくぞ、だって俺は獅子という名前だからな』。」

148――ジュール・シモン（Jules Simon 一八一四－九六）。フランスの哲学者。

149――ジョージ・フーティット（George Foottit 一八六四－一九二一）。パリで有名になったイギリスの道化師。

150――刑場に向かうキリストを辱めた罪で、地上を永遠にさまよい続ける運命を負わされた伝説のユダヤ人。

151――フランスの発明家・医師シャルル・プラヴァッツが発明した注射器。

152――細菌の一種。これによる感染症にかかると、喉や扁桃腺が炎症を起こして灰色の厚い膜ができる。

153――アンブロワーズ・パレ（Ambroise Paré 一五〇九－九〇）。フランスの外科医。

154――フランツ・スウェディアウル（Franz Swediaur 一七四八－一八二四）。オーストリアの医者。

155――フランスの作家アンリ・モニエの小説に登場する、ブルジョワの象徴のような人物。

156――テオデュル・リボー（Théodule Ribot 一八三九－一九一六）。フランスの心理学者。著作『記憶疾患』（一八八一年）において、記憶力が低下すると、大人になってからの新しい思い出ほど最初に、子供時代の古い思い出ほど最後に消えると論じた。

絶対の愛

001――パリ十四区にある刑務所。五つの棟が放射状に配置されている。サンテには「健康・健全」の意味がある。

002――ギリシア神話における、体中に百の目のある巨人。

003――エルンスト・ヘッケル（Ernst Haeckel 一八三四－一九一九）。ドイツの自然学者。

004――モーセによって書かれたと言われる「創世記」第一章六－八節への暗示。「神はまた言われた、『水の間に天空があって、水と水を分けよ』。そのようになった。神は天空を作って、天空の下の水と天空の上の水を分けられた。神はその天空を天と名づけられた。夕となり、朝となった。第二日目である。」

005――同翅類の昆虫。羽に鮮やかな色や目玉模様があり、頭部は大きく膨れている。

006――ギリシア神話における、詩人・音楽家で竪琴の名手。

007――無尾目の両生類の総称。カエル類。

008――シャルル・ドゥラン（Charles Deulin 一八二七－七七）。フランスの小説家。引用は、被告である「さまよえるユダヤ人」が裁判長に答えて言う台詞より。

009――『千夜一夜物語』の「アラジン、もしくは不思議なランプの話」への暗示。アラジンが魔法のランプを手に入れるために庭を横切ると、果物のようにさまざまな色をした宝石をならせている木々を見る。

010――アレクサンドル・デュマの小説『モンテ・クリスト伯』に登場する、イフ島の独房に入れられている神父。壁に穴を開けて、隣の独房に入れられていた主人公と出会う。

011――「さまよえるユダヤ人」につけられた名前。

012――フランス西部ポワトゥー地方にある町。十七世紀初頭に魔女裁判が行われていた。

013――フランスの作家ジョルジュ・ポルティの著作（一八九七年）。すべての演劇作品は三十六の状況に集約されると論じる。

014――古代ギリシアの悲劇詩人ソフォクレスの戯曲『オイディプス王』（前四二五年頃上演）の登場人物。主人公オイディプスは父ライオスを殺したのち、それと知らずに母イオカステを妻として娶り交わる。互いが実の母と子であることを知ると、イオカステは自殺し、オイディプスは自らの目をつぶす。

015――ブルターニュ地方東部で話されるラテン系の言語。

016――ブルターニュ地方西部で話されるケルト系の言語。

017――ルコント・ド・リール（Leconte de Lisle 一八一八－九四）。フランスの詩人。

018――ブルターニュ地方の町。

019――ヘロデ王の妻。「マルコによる福音書」第六章によれば、洗礼者ヨハネはヘロデヤの娘サロメの希望により首を切られ、その首は盆に乗せられる。

020——ギリシア神話に登場する英雄で、ホメロスの叙事詩『イーリアス』の主人公。彼の持つ丸い盾の縁にはオケアノスが描かれている。

021——ミサで聖体拝領を行う際に司祭が唱える言葉。

022——プラトン哲学における、世界を作る神。

023——ドイツ南部バイエルン州の町。木製のおもちゃ製造の中心地。

024——マリオネット劇に登場する、体の前後にこぶのある道化師。

025——北欧における戦争、魔術、詩の神。伝統的に二頭のオオカミと二羽のカラスを引き連れている。

026——ギリシア神話における死の神。

027——ローマ神話における死の神。

028——ピエール・ブリュモワ（Pierre Brumoy　一六八八－一七四二）。フランスのイエズス会の歴史家。

029——モアはニュージーランドに、エピオルニスはマダガスカルにかつて生息しており、いずれも絶滅した巨大な鳥類。飛ぶことはできず地上を走った。

030——フランスの伝統において、クリスマスの際にサンタクロースの隣につき従い、聞き分けの悪い子供たちを鞭打つとされる男。

031——『千夜一夜物語』の「妹に嫉妬したふたりの姉の話」への暗示。ペルヴィーズ王子が黒い岩に変えられた時、王子の妹は、彼から渡されていた数珠の真珠が動かなくなったことで、王子の身にふりかかった災いを感じ取る。

032——『千夜一夜物語』の「海のシンドバードの話」への暗示。商人たちが伝説の鷲ロック鳥の卵を斧で割ると、鳥は復讐のため上空から岩を落とし、シンドバードの船を破壊する。

033——地面を這うシダ類の一種で、胞子は可燃性。

034——ノルマンディー地方モン＝サン＝ミシェル島の上に建つ、中世の修道院。

035——ルドヴィコ・マリア・シニストラリ（Ludovico Maria Sinistrari　一六二二－一七〇一）はイタリアのフランシスコ会の司祭・著述家。彼の著作『悪魔姦、あるいは男夢魔《インクブス》と女夢魔《スクブス》について』（一六八〇年）は、イジドール・リズーというペンネームのもと、エロティスム専門作家アルシッド・ボノー（Alcide Bonneau　一八三六－一九〇四）によって一八七五年に仏訳された。引用は以下のくだりから。「女たちを抱く男夢魔は水気が多くて背が低い。したがってこの悪魔は小男の姿で現れ、また水気が多いという理由でこの上なく好色なのだ。淫蕩であることと水気が多いということは通じ合う。」

036——パリ九区にある高校。

037——パリ八区にある鉄道駅。コンドルセ高校のすぐ隣。

038——ギリシア神話に登場する海の怪物。上半身は人間の女性、下半身は鳥ないし魚の姿をしている。美しい声で航行中の人を惑わして船を難破させる。

039——フランソワ・ラブレーの小説『ガルガンチュア物語』(一五三四年)第十三章への暗示。ガルガンチュアはさまざまなもので尻を拭いてみる。「三月ネコ」で拭いた時は引っ掻かれる。彼によれば、尻を拭くのに最高のものはガチョウのひなであり、拭いた時の快感は心臓や脳にまで達する。

040——イタリア中西部トスカナ州のキャンティ地方で作られる赤ワイン。フランスでは首が長く腹が膨れたびんに入れて売られていた。またかつてワインボトルは藁と脂の層で蓋をされていた。

041——ギリシア南部ペロポネソス地方にある町。

042——小さな鍔のある丸い帽子。

043——『千夜一夜物語』の「アラジン、もしくは不思議なランプの話」への暗示。

044——司教の階級にある者は紫色の衣装を身につける。

045——いずれも長い口吻をもつスズメガの仲間。前者は成虫時代、体が紡錘形をしており、後者は幼虫時代、放射状に広がるヤエムグラの葉を食べる。

046——端がそり返っている東洋の刀。

047——本章の題と同様、「ヨハネによる福音書」第一章より。「初めに『言葉』があった。『言葉』は神とともにあった。『言葉』は神であった。『言葉』は初めに神とともにあった。すべてのものはこれによってできた。〔…〕そして『言葉』は肉となり、私たちのうちに宿った。私たちはその栄光を見た。それは『父』のひとり『子』としての栄光であって、恩寵と真理に満ちていた。」

048——フランソワ・ラブレーの小説『第三の書』(一五四六年)第十九章からの引用。ローマの青年貴族が、耳が聞こえず口もきけない女に、元老院議員を見なかったかと身振り手振りで尋ねるが、女はそれを色恋のサインであると思い込み、青年を家に連れ込む。二人は「ひとことも言葉を発することなく、妙なる尻振りダンスの音を立てる」ことになる。

049——ギリシア神話に登場するキプロス島の王。現実の女性に絶望し、理想の女性ガラテアを彫刻する。そのうち自らの彫った彫像に恋をし、それが人間になるように願う。

050——オリエント産の絹織物。

051——フランソワ・ラブレーの小説『パンタグリュエル物語』(一五三二年)第三十章への暗示。巨人との戦いで従者エピステモンの首が切られてから三週間後、パニュルジュが首を元通りくっつけてやると、エピステモンは地獄で見てきた光景を物語る。そこでは歴史上の著名な人物たちが妙な存在に変えられていた。ペルティナクス（Publius Helvius Pertinax　一二六−一九三）は古代ローマの皇帝。メリュジーヌは女の姿をした妖精。週に一度蛇に変身するが、その姿を誰にも見られてはいけない。

052——『反キリスト皇帝』はジャリ自身の戯曲（一八九五年）。

053——首吊りされた人の手を切り取り、死蠟で作った蠟燭を持たせたもの。オカルト・民間伝承においては、これを使うと宝物が見つかり、泥棒は姿が見えなくなると信じられていた。

054——それぞれヴェガはこと座、シリウスはおおいぬ座、ポルックスはふたご座、レグルスはしし座、プロキオンはこいぬ座、アルタイルはわし座、北極星はこぐま座、カストルはふたご座の星。

055——ジャン＝ピエール・クラリス・ド・フロリアン（Jean-Pierre Claris de Florian　一七五五−九四）。フランスの劇作家、小説家、詩人、寓話作家。引用はフロリアンの寓話「雌猿と猿とクルミ」の最後のくだりから。「クルミは実に美味しいが、割らなければならない。／思い起こせ、人生において／少しは働かなければ、楽しむことはできないということを。」

056——七つの骨からなる、かかと側の大きな骨。

057——『千夜一夜物語』の語り手である女性。

058——以下は『千夜一夜物語』の「海のシンドバードの話」への暗示。シンドバードは老人に川向こうまで運んでほしいと頼まれる。彼を肩車してシンドバードは川を渡るが、老人は首にかけている脚を締めつけて離さない。シンドバードは老人にワインを飲ませて酔っ払わせることで脚をふりほどく。

059——キリスト教の聖人。伝説では、彼はある時、小さな男の子から川を渡りたいと頼まれる。その子を肩に担いで川を渡るうち、異様な重さになったことで、その子がただ者ではないことに気づく。子供に名前を訊ねるとイエス・キリストであると明かす。全世界の人々の罪を背負っていたため重かったわけである。

060——航海用語で、二股の鎖のついた錨を船から下ろすこと。

061——太ももの内側にある筋肉。

062——骨盤にある筋肉。男性・女性ともに有する。

063——上腕にある筋肉。

064——ギリシア神話に登場するコルキス王女。古代ローマの詩人オウィディウスの『変身物語』第七巻においては、メディアが魔法で眠らせた老人の喉を切り、その血を年老いた義理の父アイソンに浴びせると、アイソンはみるみるうちに若返る。

065——旧約聖書に登場する、蛇の形をした巨大な海の怪物。

066――ギリシア神話における巨大な蛇の怪物。夜に太陽を飲み込み、朝に吐き出す。

067――結びの言葉は「神の聖母マリアよ、私たちのためにお祈りください。今も、私たちが死を迎える時も」

アルフレッド・ジャリ〔1873–1907〕年譜

▼——世界史の事項　●——文化史・文学史を中心とする事項　**太字ゴチの作家『タイトル』**——〈ルリユール叢書〉の既刊・続刊予定の書籍です

一八七三年

九月八日、フランス西部ペイ・ド・ラ・ロワール地方の町ラヴァルにて、父アンセルム・ジャリと母カロリーヌとの間にアルフレッド・アンリ・ジャリ生まれる。

▼ドイツ・オーストリア・ロシアの三帝同盟成立〔欧〕●ドーデ『月曜物語』〔仏〕●**ランボー『地獄の季節』**〔仏〕●**コルビエール『アムール・ジョーヌ』**〔仏〕●ペイター『ルネサンス』〔英〕●S・バトラー『良港』〔英〕●A・ハンセン、癩菌を発見〔ノルウェー〕●レスコフ『魅せられた旅人』〔露〕

一八七八年〔四歳〕

五月、ラヴァルのミニミ会高校附属幼稚園に入園。

▼ベルリン条約（モンテネグロ、セルビア、ルーマニア独立）〔欧〕●ドガ《踊りの花形》〔仏〕●H・マロ『家なき子』〔仏〕●H・ジェイムズ『デイジー・ミラー』〔米〕●オルコット『ライラックの花の下』〔米〕●S・バトラー『生命と習慣』〔英〕●ハーディ『帰郷』

〔英〕●ニーチェ『人間的な、あまりに人間的な』〔独〕●フォンターネ『嵐の前』〔独〕●ネルダ『宇宙の詩』、『小地区の物語』〔チェコ〕●フェノロサ、来日〔日〕

一八七九年〔六歳〕

十月、父を除くジャリ一家、フランス西部ブルターニュ地方の町サン＝ブリウに引っ越す。アルフレッドはサン＝ブリウ小学校、中学校に入学。

▼独墺二重同盟成立〔欧〕▼土地同盟の結成〔愛〕▼ズールー戦争〔英・アフリカ〕▼オックスフォード大学で初の女性のカレッジ設立〔英〕▼ナロードニキの分裂、「人民の意志」党結成〔露〕●ルドン『夢の中で』（画集）〔仏〕●ヴァレス『子供』〔仏〕●ファーブル『昆虫記』（〜一九〇七）〔仏〕●エジソン、白熱灯を発明〔米〕●メレディス『エゴイスト』〔英〕●ケラー『緑のハインリヒ』（改稿版、〜八〇）〔スイス〕●ダヌンツィオ『早春』〔伊〕●フレーゲ『概念記法』〔独〕●ビューヒナー歿、『ヴォイツェク』〔独〕●H・バング『リアリズムとリアリストたち』〔デンマーク〕●ストリンドバリ『赤い部屋』〔スウェーデン〕●イプセン『人形の家』〔ノルウェー〕●ドストエフスキー『カラマーゾフの兄弟』（〜八〇）〔露〕●シュムエル・ハ＝ナギド（シュムエル・イブン・ナグレーラ）の『詩集』写本を発見〔露〕

一八八五年〔十二歳〕

詩や喜劇を書き始める。

▼インド国民会議〔インド〕●セザンヌ《サント＝ヴィクトワール山》〔仏〕●**ヴェルヌ『シャーンドル・マーチャーシュ　地中海の冒険』**〔仏〕●ゾラ『ジェルミナール』〔仏〕●モーパッサン『ベラミ』〔仏〕●マラルメ『リヒャルト・ヴァーグナー、あるフランス詩人の夢想』〔仏〕●ハウエルズ『サイラス・ラパムの向上』〔米〕●スティーヴンソン『子供の歌園』〔英〕●H・R・ハガード『ソロモン王の洞窟』〔英〕●ペイター『享楽主義者マリウス』〔英〕●メレディス『岐路にたつダイアナ』〔英〕●R・バートン訳『千一夜物語』（〜八八）〔英〕●エドゥアール・ロッド『死への競争』〔スイス〕●ジュンケイロ『永遠なる父の老年』〔ポルトガル〕●ルー・ザロメ『神をめぐる闘い』〔独〕●ニーチェ『ツァラトゥストラはこう語った』〔独〕●リスト《ハンガリー狂詩曲》〔ハンガリー〕●ヘディン、第一回中央アジア探検（〜九七）〔スウェーデン〕●イェーゲル『クリスチアニア＝ボエーメンから』〔ノルウェー〕●コロレンコ『悪い仲間』〔露〕●坪内逍遥『当世書生気質』、『小説神髄』〔日〕

一八八八年〔十五歳〕

十月、父を除くジャリ一家、ブルターニュ地方の町レンヌに引っ越す。アルフレッドはレンヌ高校に入学。

▼ヴィルヘルム二世即位（〜一九一八）〔独〕●ヴェルレーヌ『愛』〔仏〕●ドビュッシー《二つのアラベスク》〔仏〕●ロダン《カレーの市民》〔仏〕●デュジャルダン『月桂樹は伐られた』〔仏〕●バレス『蛮族の眼の下』〔仏〕●ベラミー『顧りみれば』〔米〕●H・ジェイムズ『アスパンの恋文』〔米〕●E・デ・ケイロース『マイア家の人々』〔ポルトガル〕●ニーチェ『この人を見よ』、『反キリスト者』〔独〕●シュトルム『白馬の騎者』〔独〕●フォンターネ『迷い、もつれ』〔独〕●ストリンドバリ『痴人の告白』（仏版）、『令嬢ジュリー』〔スウェーデン〕●**ヌシッチ『不審人物』**、『庇護』〔セルビア〕●チェーホフ『曠野』、『ともしび』〔露〕●ダリオ『青……』〔ニカラグア〕

一八九一年〔十八歳〕

十月、パリに上京し、アンリ四世高校の受験準備学級に入学。若き哲学者アンリ・ベルクソンによる哲学・心理学講義を受講。

▼全ドイツ連盟結成〔独〕●ヴェルレーヌ『幸福』、『詩選集』、『わが病院』、『彼女のための歌』〔仏〕●ユイスマンス『彼方』〔仏〕●シュオッブ『二重の心』〔仏〕●モレアス、〈ロマーヌ派〉樹立宣言〔仏〕●ジッド『アンドレ・ヴァルテールの手記』〔仏〕●ビアス『いのちの半ばに』〔米〕●ハウエルズ『批評と小説』〔米〕●ノリス『イーヴァネル――封建下のフランスにおける伝説』〔米〕●メルヴィル歿、『ビリー・バッド』〔米〕●H・ジェイムズ『アメリカ人』〔米〕●ドイル『シャーロック・ホームズの冒険』〔英〕●W・モリス『ユートピアだより』〔英〕●ワイルド『ドリアン・グレイの画像』〔英〕●ハーディ『ダーバヴィル家のテス』〔英〕●ギッシング『三文文士』〔英〕●バーナード・ショー『イプセン主義神髄』〔英〕●パスコリ『ミリーチェ』〔伊〕●クノップフ《私は私自身に扉を閉ざす》〔白〕●ホーフマンスタール『昨日』〔墺〕●ヴェーデキント『春のめざめ』〔独〕●S・ゲオルゲ『巡礼』〔独〕●G・ハウプトマン『さびしき人々』〔独〕●ポントピダン『約束の地』(～九五)〔デンマーク〕●ラーゲルレーヴ『イエスタ・ベルリング物語』〔スウェーデン〕●トルストイ『クロイツェル・ソナタ』〔露〕●マルティ『素朴な詩』〔キューバ〕●マシャード・デ・アシス『キンカス・ボルバ』〔ブラジル〕●リサール『エル・フィリブステリスモ』〔フィリピン〕●ポントピダン『約束の地』(～九五)〔デンマーク〕●ラーゲルレーヴ『イエスタ・ベルリング物語』〔スウェーデン〕●トルストイ『クロイツェル・ソナタ』〔露〕●マシャード・デ・アシス『キンカス・ボルバ』〔ブラジル〕●リサール『エル・フィリブステリスモ』〔フィリピン〕

一八九三年［二十歳］

高等師範学校の受験に失敗。マルセル・シュオッブを始めとする作家たちと知り合う。

五月、母逝去。

▼世界初の女性参政権成立［ニュージーランド］●デュルケーム『社会分業論』［仏］●ヴェルレーヌ『彼女への頌歌』、『悲歌集』、『わが牢獄』、『オランダでの二週間』［仏］●ドヴォルザーク《交響曲第9番「新世界から」》［米］●S・クレイン『街の女マギー』［米］●ビアス『怪奇な物語』［米］●ギッシング『余計者の女たち』［英］●プッチーニ《マノン・レスコー》初演［伊］●ヘゼッレ『時代の花環』［白］●シュニッツラー『アナトール』［墺］●ディーゼル、ディーゼル機関を発明［独］●カール・ベンツ、二人乗りの四輪車ヴィクトリア発表［独］●G・ハウプトマン《織工たち》初演、『ビーバーの毛皮』［独］●O・E・ハルトレーベン独訳『月に憑かれたピエロ』［独］●ヴァゾフ『軛の下で』［ブルガリア］●ムンク《叫び》［ノルウェー］●イェイツ『ケルトの薄明』［愛］●チェーホフ『サハリン島』（〜九四）［露］

一八九四年［二十一歳］

詩人ステファヌ・マラルメのサロンや、作家ラシルド夫人のサロンに出席。象徴主義文学の牙城の一つであった雑誌「メルキュール・ド・フランス」に参加。作家・評論家のレミ・ド・グールモンと親しくつき合い、版画雑誌「イマジエ」を共同で編集。また象徴主義演劇を上演していた「制作座」座長のリュニェ＝ポーと知り合う。この年、多数の美術評論を執筆。

六月、ブルターニュの町ポン＝タヴェンに滞在し、画家シャルル・フィリジェやポール・ゴーギャンらと交流。

九月、詩文集『砂の刻覚書』刊行。

十一月、ラヴァルにて兵役に就く。

▼二月、グリニッジ天文台爆破未遂事件〔英〕▼ドレフュス事件〔仏〕▼日清戦争（〜九五）〔中・日〕●ドビュッシー《「牧神の午後」への前奏曲》〔仏〕●ヴェルレーヌ『陰府で』、『エピグラム集』〔仏〕●**マラルメ**『**音楽と文芸**』〔仏〕●**ゾラ**『**ルルド**』〔仏〕●P・ルイス『ビリチスの歌』〔仏〕●ルナール『にんじん』〔仏〕●フランス『赤い百合』、『エピキュールの園』〔仏〕●「イエロー・ブック」誌創刊〔英〕●キップリング『ジャングル・ブック』〔英〕●ハーディ『人生の小さな皮肉』〔英〕●L・ハーン『知られぬ日本の面影』〔英〕●ダヌンツィオ『死の勝利』〔伊〕●フォンターネ『エフィ・ブリースト』（〜九五）〔独〕●ミュシャ《ジスモンダ》〔チェコ〕●イラーセック『チェコ古代伝説』〔チェコ〕●ペレツ『初祭のための小冊子』（〜九六）〔ポーランド〕●ジョージ・ムーア『エスター・ウォーターズ』〔愛〕●バーリモント『北国の空の下で』〔露〕●ショレム・アレイヘム『牛乳屋テヴィエ』（〜一九一四）〔イディッシュ〕●シルバ『夜想曲』〔コロンビア〕●ターレボフ『アフマドの書』〔イラン〕

一八九五年［二十二歳］

八月、父逝去。

十一月、戯曲『反キリスト皇帝』刊行。

十二月、健康上の理由から兵役終了。パリに戻る。

▼キューバ独立戦争〔キューバ〕●リュミエール兄弟による最初の映画上映〔仏〕●ヴェルレーヌ『告白』〔仏〕●ヴァレリー『レオナルド・ダ・ヴィンチ方法序説』〔仏〕●D・バーナム《リライアンス・ビル》〔米〕●S・クレイン『赤い武功章』、『黒い騎士たち』〔米〕●トウェイン『まぬけのウィルソン』〔米〕●モントリオール文学学校結成〔カナダ〕●ロンドン・スクール・オブ・エコノミクス設立〔英〕●オスカー・ワイルド事件〔英〕●ウェルズ『タイム・マシン』〔英〕●ハーディ『日陰者ジュード』〔英〕●G・マクドナルド『リリス』〔英〕●コンラッド『オルメイヤーの阿房宮』〔英〕●L・ハーン『東の国から』〔英〕●ヴェラーレン『触手ある大都会』〔白〕●マルコーニ、無線電信を発明〔伊〕●ペレーダ『山の上』〔西〕●ブロイアー、フロイト『ヒステリー研究』〔墺〕●シュニッツラー『死』、《恋愛三昧》初演〔墺〕●ホフマンスタール『六七二夜の物語』〔墺〕●レントゲン、X線を発見〔独〕●パニッツァ『性愛公会議』〔独〕●ナンセン、北極探検〔ノルウェー〕●パタソン『スノーウィー川から来た男』〔豪〕●樋口一葉『たけくらべ』〔日〕

一八九六年［二十三歳］

六月、「制作座」の秘書となる。戯曲『ユビュ王』刊行。
夏、オランダに旅行。
十二月、「制作座」にて《ユビュ王》上演。スキャンダルとなる。

▼マッキンリー、大統領選勝利〔米〕▼アテネで第一回オリンピック大会開催〔希〕●ベックレル、ウランの放射能を発見〔仏〕

●ベルクソン『物質と記憶』〔仏〕●ルナール『博物誌』〔仏〕●ヴァレリー『テスト氏との一夜』〔仏〕●プルースト『楽しみと日々』〔仏〕●ラルボー『柱廊』〔仏〕●スティーグリッツ、「カメラ・ノート」誌創刊〔米〕●ギルバート&サリバン《大公》〔英〕●大衆的日刊紙「デイリー・メール」創刊〔英〕●ヘンティ『ロシアの雪の中を』〔英〕●ウェルズ『モロー博士の島』、『偶然の車輪』〔英〕●スティーヴンソン『ハーミストンのウィア』〔英〕●コンラッド『島の流れ者』〔英〕●ワイルド《サロメ》上演〔英〕●ハウスマン『シュロップシャーの若者』〔英〕●L・ハーン『心』〔英〕●プッチーニ《ラ・ボエーム》初演〔伊〕●シェンキェーヴィチ『クオ・ヴァディス』〔ポーランド〕●ヌシッチ『最初の訴訟』〔セルビア〕●H・バング『ルズヴィスバケ』〔デンマーク〕●フレーディング『しぶきとはためき』〔スウェーデン〕●チェーホフ《かもめ》初演〔露〕●ダリオ『希有の人びと』、『俗なる詠唱』〔ニカラグア〕●ブラジル文学アカデミー創立〔ブラジル〕

一八九七年〔二十四歳〕

五月、小説『**昼と夜**』刊行。

八月、家賃滞納により、それまで住んでいたパリ六区のアパートから追い出される。画家アンリ・ルソーのパリの部屋に数カ月滞在したのち、同じくパリ六区の別のアパートに引っ越す。

▼バーゼルで第一回シオニスト会議開催〔欧〕▼女性参政権協会全国連盟設立〔英〕▼ヴィリニュスで、ブンド（リトアニア・ポーランド・ロシア・ユダヤ人労働者総同盟）結成〔東欧〕●マラルメ『骰子一擲』、『ディヴァガシオン』〔仏〕●フランス『現代史』（〜一九〇一）〔仏〕●ジッド『地の糧』〔仏〕●ロスタン『シラノ・ド・ベルジュラック』〔仏〕●バレス『根こそぎにされた人々』〔仏〕

●H・ジェイムズ『ポイントンの蒐集品』、『メイジーの知ったこと』〔米〕●テイト・ギャラリー開館〔英〕●H・エリス『性心理学』（〜一九二八）〔英〕●**ハーディ『恋の霊　ある気質の描写』**〔英〕●ウェルズ『透明人間』〔英〕●ヘンティ『最初のビルマ戦争』〔英〕●コンラッド『ナーシサス号の黒人』〔英〕●ロデンバック『カリヨン奏者』〔白〕●ガニベ『スペインの理念』〔西〕●クリムトら〈ウィーン・ゼツェッシオン（分離派）〉創立〔墺〕●K・クラウス『破壊された文学』〔墺〕●シュニッツラー『死人に口なし』〔墺〕●S・W・レイモント『約束の土地』（〜九八）〔ポーランド〕●プルス『ファラオ』〔ポーランド〕●ストリンドバリ『インフェルノ』〔スウェーデン〕●B・ストーカー『ドラキュラ』〔愛〕

一八九八年〔二十五歳〕

春、「メルキュール・ド・フランス」の仲間たちとともに、パリ郊外コルベイユのセーヌ川岸に別荘「ファランステール」を借りる。ジャリはこの別荘に冬まで滞在し、執筆のかたわらセーヌ川でカヌーや魚釣りを楽しむ。

六月、小説『訪れる愛』刊行。

十二月、画家ピエール・ボナールの挿絵入りの暦『ユビュ親父の絵入り暦』刊行。

▼アメリカ、ハワイ王国を併合〔米〕▼米戦艦メイン号の爆発をきっかけに米西戦争開戦、スペインは敗北〔米・西・キューバ・フィリピン〕●キュリー夫妻、ラジウムを発見〔仏〕●ゾラ、「オーロール」紙に大統領への公開状「われ弾劾す」発表〔仏〕●H・ジェイムズ『ねじの回転』〔米〕●ノリス『レディ・レティ号のモーラン』〔米〕●ウェルズ『宇宙戦争』〔英〕●コンラッド『青春』〔英〕●ハーディ『ウェセックス詩集』〔英〕●H・クリフォード『黒人種の研究』〔英〕●ブルクハルト『ギリシア文化史』

（〜一九〇二）〔スイス〕●ズヴェーヴォ『老年』〔伊〕●文芸誌「ビダ・ヌエバ」創刊（〜一九〇〇）〔西〕●ガニベ自殺〔西〕●リルケ『フィレンツェ日記』〔墺〕●T・マン『小男フリーデマン氏』〔独〕●S・ヴィスピャンスキ《ワルシャワの娘》〔ポーランド〕●S・ジェロムスキ『シジフォスの苦役』〔ポーランド〕●カラジャーレ『ムンジョアラの宿』〔ルーマニア〕●H・バング『白い家』〔デンマーク〕●イェンセン『ヘマラン地方の物語』（〜一九一〇）〔デンマーク〕●ストリンドバリ『伝説』、『ダマスカスへ』（〜一九〇一）〔スウェーデン〕●森鷗外訳フォルケルト『審美新説』〔日〕

一八九九年［二十六歳］

一月、「ファランステール」解消。ジャリを含む仲間たちは、パリ郊外ラ・フレットのセーヌ川岸に別荘を借りる。

五月、小説**『絶対の愛』**刊行。

▼米比戦争（〜一九〇二）〔米・フィリピン〕▼ドレフュス有罪判決、大統領特赦〔仏〕▼第二次ボーア戦争勃発（〜一九〇二）〔英・南アフリカ〕●ラヴェル《亡き王女のためのパヴァーヌ》〔仏〕●ミルボー『責苦の庭』〔仏〕●ノリス『ブリックス』〔米〕●ショパン『目覚め』〔米〕●コンラッド『闇の奥』、『ロード・ジム』（〜一九〇〇）〔英〕●A・シモンズ『文学における象徴主義運動』〔英〕●H・クリフォード『アジアの片隅で』〔英〕●ダヌンツィオ『ジョコンダ』〔伊〕●シェーンベルク《弦楽六重奏曲「浄夜」》〔墺〕●シュニッツラー《緑のオウム》初演〔墺〕●K・クラウス、個人誌「ファッケル〈炬火〉」創刊（〜一九三六）〔墺〕●ホルツ『叙情詩の革命』〔独〕●ストリンドバリ『罪さまざま』、『フォルクングのサガ』、『グスタヴ・ヴァーサ』〔スウェーデン〕●アイルランド文芸劇場創立〔愛〕●イェイツ『葦間の風』、《キャスリーン伯爵夫人》初演〔愛〕●チェーホフ《ワーニャ伯父さん》初演、『犬

を連れた奥さん』、『可愛い女』［露］●トルストイ『復活』［露］●ゴーリキー『フォマ・ゴルデーエフ』［露］●ソロヴィヨフ『三つの会話』（〜一九〇〇）［露］●レーニン『ロシアにおける資本主義の発展』［露］●クロポトキン『ある革命家の手記』［露］

一九〇〇年［二十七歳］

一月、ドイツの劇作家グラッベの戯曲『シレノスたち』の翻訳刊行。

五月、パリ郊外クードレーのセーヌ川岸に小屋を建て、そこに滞在するようになる。

同月、戯曲『鎖につながれたユビュ』刊行。

十二月、ピエール・ボナールの挿絵入りの暦『ユビュ親父の絵入り暦（二十世紀）』刊行。

▼労働代表委員会結成［英］▼義和団事件［中］●ベルクソン『笑い』［仏］●コレット『学校へ行くクローディーヌ』［仏］●ドライサー『シスター・キャリー』［米］●ノリス『男の女』［米］●L・ボーム『オズの魔法使い』［米］●L・ハーン『影』［英］●ウェルズ『恋愛とルイシャム氏』［英］●シュピッテラー『オリュンポスの春』（〜〇五）［スイス］●プッチーニ《トスカ》初演［伊］●フォガッツァーロ『現代の小さな世界』［伊］●ダヌンツィオ『炎』［伊］●フロイト『夢判断』［墺］●シュニッツラー『輪舞』、『グストル少尉』［墺］●プランク、「プランクの放射公式」を提出［独］●ツェッペリン、飛行船ツェッペリン号建造［独］●ジンメル『貨幣の哲学』［独］●S・ゲオルゲ『生の絨毯』［独］●シェンキェーヴィチ『十字軍の騎士たち』［ポーランド］●S・ジェロムスキ『家なき人々』［ポーランド］●ヌシッチ《セムベリヤのイヴォ王子》、《普通の人》上演［セルビア］●イェンセン『王の没落』（〜〇一）［デンマーク］●ベールイ『交響楽（第一・英雄的）』［露］●バーリモント『燃える建物』［露］●チェーホフ『谷間』［露］

●マシャード・デ・アシス『むっつり屋』〔ブラジル〕

一九〇一年〔二十八歳〕

一月、小説『メッサリナ』刊行。

この年から象徴主義文学の雑誌「ルヴュ・ブランシュ」にてエッセイを多数掲載。

▼マッキンリー暗殺、セオドア・ローズベルトが大統領に〔米〕▼ヴィクトリア女王歿、エドワード七世即位〔英〕▼革命的ナロードニキの代表によってSR結成〔露〕▼オーストラリア連邦成立〔豪〕●ラヴェル《水の戯れ》〔仏〕●シュリ・プリュドム、ノーベル文学賞受賞〔仏〕●フィリップ『ビュビュ・ド・モンパルナス』〔仏〕●ノリス『オクトパス』〔米〕●キップリング『キム』〔英〕●ウェルズ『予想』、『月世界最初の人間』〔英〕●L・ハーン『日本雑録』〔英〕●ヘンティ『ガリバルディとともに』〔英〕●マルコーニ、大西洋横断無線電信に成功〔伊〕●ダヌンツィオ「フランチェスカ・ダ・リーミニ」上演〔伊〕●バローハ『シルベストレ・パラドックスの冒険、でっちあげ、欺瞞』〔西〕●フロイト『日常生活の精神病理学』〔墺〕●T・マン『ブッデンブローク家の人々』〔独〕●ヌシッチ《ラストコ・ネマニィチ》上演〔セルビア〕●H・バング『灰色の家』〔デンマーク〕●ストリンドバリ『夢の劇』、『死の舞踏』〔スウェーデン〕●ヘイデンスタム『聖女ビルギッタの巡礼』〔スウェーデン〕●チェーホフ《三人姉妹》初演〔露〕

一九〇二年〔二十九歳〕

三月、ベルギーのブリュッセルにてマリオネットについて講演。

五月、小説『超男性』刊行。

▼独・墺・スイス共通のドイツ語正書法施行〔欧〕▼日英同盟締結〔英・日〕▼コンゴ分割〔仏〕▼アルフォンソ十三世親政開始〔西〕▼キューバ共和国独立〔米・西・キューバ〕●ジッド『背徳者』〔仏〕●スティーグリッツ、〈フォト・セセッション〉を結成〔米〕●W・ジェイムズ『宗教的経験の諸相』〔米〕●H・ジェイムズ『密林の獣』、『鳩の翼』〔米〕●J・A・ホブソン『帝国主義論』〔英〕●ドイル『バスカヴィル家の犬』〔英〕●L・ハーン『骨董』〔英〕●ベネット『グランド・バビロン・ホテル』〔英〕●ロラント・ホルスト＝ファン・デル・スハルク『新生』〔蘭〕●クローチェ『表現の科学および一般言語学としての美学』〔伊〕●ウナムーノ『愛と教育』〔西〕●バローハ『完成の道』〔西〕●バリェ＝インクラン『四季のソナタ』（〜〇五）〔西〕●アソリン『意志』〔西〕●ブラスコ＝イバニェス『葦と泥』〔西〕●レアル・マドリードCF創設〔西〕●リルケ『形象詩集』〔墺〕●シュニッツラー『ギリシアの踊り子』〔墺〕●ホフマンスタール『チャンドス卿の手紙』〔墺〕●モムゼン、ノーベル文学賞受賞〔独〕●インゼル書店創業〔独〕●ツァンカル『断崖にて』〔スロヴェニア〕●レーニン『何をなすべきか？』〔露〕●ゴーリキー『小市民』、《どん底》初演〔露〕●アンドレーエフ『深淵』〔露〕●クーニャ『奥地の反乱』〔ブラジル〕●アポストル『わが民族』〔フィリピン〕

一九〇三年〔三十歳〕

十月、ギヨーム・アポリネールと交友が始まる。

十一月、フランス南東部ローヌ＝アルプ地方の町グラン＝ランにある作曲家クロード・テラスの家に滞在し、フランソワ・ラブレーの小説『パンタグリュエル』をオペレッタとして上演するための原稿を執筆。

▼エメリン・パンクハースト、女性社会政治同盟結成〔英〕▼ロシア社会民主労働党、ボリシェビキとメンシェビキに分裂〔露〕●ドビュッシー交響詩《海》〔仏〕●**J＝A・ノー『敵なる力』**（第一回ゴンクール賞受賞）〔仏〕●ロマン・ロラン『ベートーヴェン』〔仏〕●スティーグリッツ、「カメラ・ワーク」誌創刊〔米〕●ノリス『取引所』、『小説家の責任』〔米〕●ロンドン『野性の呼び声』、『奈落の人々』〔米〕●H・ジェイムズ『使者たち』〔米〕●G・E・ムーア『倫理学原理』〔英〕●G・B・ショー『人と超人』〔英〕●S・バトラー『万人の道』〔英〕●ウェルズ『完成中の人類』〔英●〕ハーディ『覇王たち』（〜〇八）〔英〕●ギッシング『ヘンリー・ライクロフトの私記』〔英〕●プレッツォリーニ、パピーニらが「レオナルド」創刊（〜〇七）〔伊〕●ダヌンツィオ『マイア』〔伊〕●A・マチャード『孤独』〔西〕●ヒメネス『哀しみのアリア』〔西〕●バリェ＝インクラン『ほの暗き庭』〔西〕●リルケ『ロダン論』（〜〇七）、『ヴォルプスヴェーデ』〔墺〕●ホフマンスタール『エレクトラ』〔墺〕●T・マン『トーニオ・クレーガー』〔独〕●デーメル『二人の人間』〔独〕●クラーゲス、表現学ゼミナールを創設〔独〕●ラキッチ『詩集』〔セルビア〕●ビョルンソン、ノーベル文学賞受賞〔ノルウェー〕●アイルランド国民劇場協会結成〔愛〕●永井荷風訳ゾラ『女優ナ、』〔日〕

一九〇四年〔三十一歳〕

一月、寄稿していた雑誌「ルヴュ・ブランシュ」が休刊。収入源が絶たれる。

五月・十一月、グラン＝ランのクロード・テラスの家に滞在し、『パンタグリュエル』の原稿を執筆。

▼英仏協商〔英・仏〕▼日露戦争（〜〇五）〔露・日〕●ミストラル、ノーベル文学賞受賞〔仏〕●J＝A・ノー『青い昨日』〔仏〕●ロマン・ロラン『ジャン・クリストフ』（〜一二）〔仏〕●コレット『動物の七つの対話』〔仏〕●ロンドン『海の狼』〔米〕●H・

ジェイムズ『黄金の盃』〔米〕●**コンラッド『ノストローモ』**〔英〕●L・ハーン『怪談』〔英〕●シング『海へ騎り行く人々』〔英〕●チェスタトン『新ナポレオン奇譚』〔英〕●リルケ『神さまの話』〔墺〕●プッチーニ《蝶々夫人》〔伊〕●ダヌンツィオ『エレットラ』、『アルチヨーネ』、『ヨーリオの娘』〔伊〕●エチェガライ、ノーベル文学賞受賞〔西〕●バローハ『探索』、『雑草』、『赤い曙光』〔西〕●ヒメネス『遠い庭』〔西〕●フォスラー『言語学における実証主義と観念主義』〔独〕●ヘッセ『ペーター・カーメンツィント』〔独〕●S・ヴィスピャンスキ《十一月の夜》〔ポーランド〕●S・ジェロムスキ『灰』〔ポーランド〕●H・バング『ミケール』〔デンマーク〕●チェーホフ『桜の園』〔露〕

一九〇五年〔三十二歳〕

冬、貧乏暮らしでクロード・テラスに金を無心。体調が悪化。

▼ノルウェー、スウェーデンより分離独立〔北欧〕▼第一次ロシア革命〔露〕●ロンドン『階級戦争』〔米〕●キャザー『トロール・ガーデン』〔米〕●ウォートン『歓楽の家』〔米〕●バーナード・ショー《人と超人》初演〔英〕●チェスタトン『異端者の群れ』〔英〕●ウェルズ『キップス』、『近代のユートピア』〔英〕●E・M・フォースター『天使も踏むを恐れるところ』〔英〕●ベネット『五つの町の物語』、『都市の略奪品』〔英〕●H・R・ハガード『女王の復活』〔英〕●アインシュタイン、光量子仮説、ブラウン運動の理論、特殊相対性理論を提出〔スイス〕●ラミュ『アリーヌ』〔スイス〕●ブルクハルト『世界史的考察』〔スイス〕●クローチェ『純粋概念の科学としての論理学』〔伊〕●マリネッティ、ミラノで詩誌「ポエジーア」を創刊（～〇九）〔伊〕●ダヌンツィオ『覆われたる灯』〔伊〕●アソリン『村々』、『ドンキホーテの通った道』〔西〕●ガニベ『スペインの将来』〔西〕●ドールス『イシドロ・ノネル

の死』［西］●リルケ『時禱詩集』［墺］●フロイト『性欲論三篇』［墺］●M・ヴェーバー『プロテスタンティズムの倫理と資本主義の精神』［独］●A・ヴァールブルク、ハンブルクに〈ヴァールブルク文庫〉を創設［独］●ドレスデンにて〈ブリュッケ〉結成（〜一三）［独］●T・マン『フィオレンツァ』［独］●モルゲンシュテルン『絞首台の歌』［独］●シェンキェーヴィチ、ノーベル文学賞受賞［ポーランド］●ヌシッチ《そうでなくては》上演［セルビア］●ヘイデンスタム『フォルクング王家の系図』（〜〇七）［スウェーデン］●ルゴーネス『庭園の黄昏』［アルゼンチン］●夏目漱石『吾輩は猫である』［日］●上田敏訳詩集『海潮音』［日］

一九〇六年［三十三歳］

五月、病気によりラヴァルの姉の家に身を寄せる。死を覚悟して臨終の秘跡を受け、遺書を執筆。

六月、病気から回復してパリに戻るが、夏・秋もラヴァルとの間を行き来する。

八月、戯曲『背丈でもって』刊行。

▼サンフランシスコ地震［米］▼一月、イギリスの労働代表委員会、労働党と改称。八月、英露協商締結（三国協商が成立）［英］●ロマン・ロラン『ミケランジェロ』［仏］●J・ロマン『更生の町』［仏］●クローデル『真昼に分かつ』［仏］●ロンドン『白い牙』［米］●ビアス『冷笑家用語集』（一一年、『悪魔の辞典』に改題）［米］●ゴールズワージー『財産家』［英］●シュピッテラー『イマーゴ』［スイス］●カルドゥッチ、ノーベル文学賞受賞［伊］●ダヌンツィオ『愛にもまして』［伊］●ドールス『語録』［西］●ムージル『寄宿者テルレスの惑い』［墺］●ヘッセ『車輪の下』［独］●モルゲンシュテルン『メランコリー』［独］●H・バング『祖国のない人々』［デンマーク］●ビョルンソン『マリイ』［ノルウェー］●ルゴーネス『不思議な力』［アルゼンチン］●ターレボフ『人生の諸問題』

［イラン］●島崎藤村『破戒』［日］●内田魯庵訳トルストイ『復活』［日］

一九〇七年［三十四歳］

一月、ラヴァルの姉の家に戻る。

春・夏　病気の身でパリに戻り、ラヴァルに帰ることを繰り返す。病気が悪化。

六月、回想録『アルベール・サマン、回想録』刊行。

十月、病気の身でパリに戻る。

十一月一日、結核性髄膜炎により死去。三日、パリ郊外バニュー墓地に埋葬される。

▼英仏露三国協商成立［欧］▼第二回ハーグ平和会議［欧］●グラッセ社設立［仏］●ベルクソン『創造的進化』［仏］●クローデル『東方の認識』、『詩法』［仏］●コレット『感傷的な隠れ住まい』［仏］●デュアメル『伝説、戦闘』［仏］●ロンドン『道』［米］●W・ジェイムズ『プラグマティズム』［米］●キップリング、ノーベル文学賞受賞［英］●コンラッド『密偵』［英］●シング《西の国のプレイボーイ》初演［英］●E・M・フォースター『ロンゲスト・ジャーニー』［英］●R・ヴァルザー『タンナー兄弟姉妹』［西］●ピカソ《アヴィニヨンの娘たち》［西］●A・マチャード『孤独、回廊、その他の詩』［西］●バリェ＝インクラン『紋章の鷲』［西］●リルケ『新詩集』（～〇八）［墺］●S・ゲオルゲ『第七の輪』［独］●レンジェル・メニヘールト《偉大な領主》上演［ハンガリー］●ヌシッチ《血の貢ぎ物》上演［セルビア］●ストリンドバリ『青の書』（～一二）［スウェーデン］●M・アスエラ『マリア・ルイサ』［メキシコ］●夏目漱石『文学論』［日］

訳者解題

本書はアルフレッド・ジャリ（Alfred Jarry 一八七三–一九〇七）による小説『昼と夜』と『絶対の愛』の全訳である。底本には、『昼と夜』については、メルキュール・ド・フランス版の初版（*Les Jours et les Nuits*, Mercure de France, 1897）の、フランス国立図書館提供のデータと、クラシック・ガルニエ版全集第二巻（*Œuvres complètes*, t. II, sous la direction d'Henri Béhar, édition d'Henri Béhar, Paul Edwards et Julien Schuh, Classiques Garnier, coll. « Bibliothèque de la Littérature du XXe siècle », 2012）を使用した。『絶対の愛』については、ジャリの自筆複写《ファクシミレ》版を復刻したファタ・モルガナ社版（*L'Amour absolu*, Fata Morgana, 2012）と、クラシック・ガルニエ版全集第三巻（*Œuvres complètes*, t. III, sous la direction d'Henri Béhar, Patrick Besnier, Alain Chevrier, Paul Edwards, Isabelle Krzywkowski et Julien Schuh, Classiques Garnier, coll. « Bibliothèque de la Littérature du XXe siècle », 2013）を使用した。また両小説の翻訳として、アレクシス・リキアード、サイモン・ワトソン・テイラー、ポール・エドワーズによる英訳（*Collected works of Alfred Jarry*, vol. II. *Absolute Love, Days and Nights, Exploits and Opinions of Doctor Faustroll, Pataphysician* : Edited by Alastair Brotchie and Paul Edwards, Translations by Alexis Lykiard, Simon Watson Taylor and Paul Edwards, Atlas Press, 2006）を参照した。

二つの小説について解説する前に、まずはアルフレッド・ジャリその人の伝記的事実を紹介する必要があるだろう。フランス十九世紀末の文壇を騒がせ、後世の前衛文学に少なからず影響を及ぼした作家であるにもかかわらず、有名であるとは決して言えないからだ。

アルフレッド・ジャリについて——略歴、作品、評価

アルフレッド・アンリ・ジャリは一八七三年、フランス西部の町ラヴァルに生まれた。父は織物の行商人であったアンセルムで、母はカロリーヌ。八歳年上に姉のシャルロットがいる。アルフレッドが生まれる二年半前には兄ギュスタヴ＝アンセルムが生まれているが、生後二週間で死亡している。ジャリはラヴァルのミニミ会高校附属幼稚園に通ったのち、引っ越してサン＝ブリウの小学校、中学校に通った。この頃から詩や戯曲を書き始めるようになった。さらに引っ越してレンヌの高校に通学。ここで教えていた物理教師のエベールはのちのユビュのモデルであるが、このユビュを主人公にした戯曲『ユビュ王』のもととなる劇の原稿を、ジャリは同級生の兄弟から譲り受けている。なおサン＝ブリウ、レンヌはどちらもブルターニュ地方の町である。ブルターニュ地方はケルト系の言語であるブルトン語が話され、カトリックの信仰が篤い人が多いことで知られる独特な地方で

ある。ジャリの生地ラヴァルはペイ・ド・ラ・ロワール地方に属するが、ジャリは自らをブルターニュ人であるとたびたび自称していた。

ジャリは一八九〇年に高等師範学校への入学を目指してパリに上京。アンリ四世高校の受験準備学級に入学し、そこで若き哲学者アンリ・ベルクソンによる哲学・心理学講義を二年間受講する。当時のパリでは象徴主義文学の運動が頂点を極めていた。ジャリはアンリ四世高校の級友であったレオン＝ポール・ファルグの手解きによって、当時最先端の文学や絵画に蒙を啓かれる。雑誌の投稿欄に詩が掲載されたことから、ジャリはパリの文壇にデビューを果たす。ステファヌ・マラルメのサロンや、ラシルド夫人のサロンなどに顔を出して多くの文学者たちと知り合うと同時に、ブルターニュの田舎町ポン＝タヴェンに行き、そこに集まっていたポン＝タヴェン派の画家たちと交友を結んでいる。なおこの頃父母を相次いで亡くしている。ジャリは象徴主義演劇を上演していた「制作座」の秘書になり、一八九六年に戯曲『ユビュ王』を上演にこぎつけた。その奇抜な内容は大きなスキャンダルを起こし、これによってジャリは一躍文壇の有名人となった。ジャリは人付き合いのいい人間ではなかったが、象徴主義やその近縁の詩人・作家・画家たちと交流があった。詩人・作家としてはマルセル・シュオッブ、ステファヌ・マラルメ、レミ・ド・グールモン、ラシルド夫人、フェリックス・フェネオン、ジュール・ルナールら、のちにはギヨーム・アポリネール。画家としてはポール・ゴーギャン、シャルル・フィリジェ、ピエール・ボナール、アンリ・ルソーらである。一八九八年までジャリはメルキュール・ド・フランス社から著作を刊行していたが、翌年以降、売り上げが悪いせいであろうか、同社での刊行を断られるようになった。代わってジャリに手を差し伸べたのは、同じく象徴主義文学の中心的な雑誌「ルヴュ・ブランシュ」であった。以降ジャリは同誌にエッセイ等を盛んに発表するが、「ルヴュ・ブランシュ」誌は一九〇四年に刊行休止。収入の道を断たれたジャリは経済的に困窮し、それと同時に病に苦しむようになる。一九〇七年、ついに病に斃れ死去。享年三十四歳であった。

ジャリの人生を語る上でこれまで欠かせなかったのが、彼の奇矯《ききょう》な言動によって引き起こされた面白おかしいエピソードである。すべての音節を切り離してロボットのように話していただとか、時々あたり構わず拳銃をぶっ放していただとか、人を食ったような論理でブラック・ユーモアを発していただとか、自殺的なまでに飲酒癖があっただとかである。このような言動ばかりが有名になったせいで、彼の作品自体があまり注目されなくなってしまったのは不幸なことであった。本当のジャリは極めて上品で礼儀正しい人であったらしい。よってここでは「破壊的」なジャリについてのよく知られたエピソードを繰り返すかわりに、あまり知られていない別のエピソードを紹介したい。それは同時代の詩人スチュアート・メリルが伝えるものだ。『ユビュ王』上演のスキャンダルと自身の破壊的な言動で有名になったジャリは、ある時ブルジョワの宴席に招かれた。

食事の最後に、家の女主人がジャリに尋ねる、「でもジャリさん、あなたは他の人と同じでいらっしゃいますのね。ずいぶん変わっていて、すごく無作法な人なんだと聞いていましたけど、ほんとに躾が良くていらっしゃる」。期待に応えようとして「クソったれ！」とジャリは応える。「骨つき腿肉を持って来い、さもないと角っ腹め、全員首を刎ねちまうぞ！」腿肉が運ばれてくると、ジャリは両手でわし掴みにして、見せ物の野蛮人のように荒々しく骨までむさぼり食い、音を立て飲み込む。夫人は大喜びしたが、かわいそうなユビュ親父は消化不良で家を後にすることとなった。

彼が他の人に表していた奇矯な言動は幾分は、人付き合いの苦手な彼が、人に受け入れてもらうために自らかぶった仮面のようなものだったのかもしれない。

ジャリは、十数年ほどの比較的短い活動期間に、主なものに限ると十ほどの作品を残した。以下、年代順に紹介しよう。まず一八九四年の『砂の刻覚書』は、十数作の詩と戯曲を集めた詩文集である。中心的な戯曲「アルデルナブルウ」は、主人公アルデルン公爵と小姓アブルウとの間に繰り広げられる同性愛とその終結を描いた戯曲である。翌年一八九五年には戯曲『反キリスト皇帝』を刊行。これは脳の中で生まれた反キリスト皇帝がキリストの代わりになろうとするが、神の前に雷に打たれるという物語である。翌年には戯曲『ユビュ王』を刊行。ユビュ親父がクーデターを起こし、ポーランド王を王座から追い払って自ら王座に就く。権力を手に入れたユビュは国民に対し暴虐の限りを尽くすが、ポーランド軍によって王座を追われるという話である。一八九七年には小説『昼と夜』を刊行。一八九八年には小説『パタフィジック学者フォーストロール博士言行録』の一部が発表される。主人公フォーストロール博士とその仲間がカヌーに乗り、想像上のセーヌ川に浮かぶ島々を巡る旅に出て、島々の王に会うたびに彼らと盃を交わす、という話である。同年一八九八年には小説『訪れる愛』が刊行される。これは現代のパリを舞台に、主人公リュシアンがさまざまな年齢・身分の女性の家を訪れるなかで、女性やブルジョワ的な愛に対する嫌悪を表明する、という話である。一八九九年には小説『絶対の愛』が私家版で刊行される。

何人かの研究者によれば、ジャリの作品は一九〇〇年頃にやや変化が見られるという。文体やメタファーなどが以前よりも比較的明瞭になり、テーマも以前のものと少し異なるからである。この変化の理由は、この年からジャリが作品を発表する雑誌が変わったといった外的なものなのか、あるいはジャリの詩学自体が変わったといったより内的なものなのか、見解はまだ定まっていない。一九〇〇年には小説『メッサリナ』を刊行。淫蕩で知られる古代ローマの皇女メッサリナが、古代ローマを舞台にして性的に同等の存在を求め、ついには剣で刺し殺されてしまう話である。一九〇二年にはその男性版とも言える小説『超男性』が刊行される。これは当時における近未来である一九二〇年のパリを舞台に、主人公マルクイユが、同等な存在である女性エレンと性的な記録更新に挑むが、最後は「愛を催させる機械」によって焼け死んでしまう物語である。一九〇〇年から一九〇三年頃まで幾つかの雑誌で連載していたエッセイは、『緑蠟燭——現代世界を照らす光』として死後に刊行された。一九〇四年から書き継いでいた小説『ドラゴーヌ』は、ジャリの死によって未完に終わった。

極めて独特なジャリ作品は同時代の読者にはほとんど理解されず、そうでなくとも多くの場合、一面的な評価を受けるにとどまった。しかしながら没後、ジャリ作品の重要性を評価する文学者たちが現れるようになった。彼らによるジャリ評をいくつか引用しよう。

ラシルドの言う「不条理の悪魔派」を創始したのはジャリだ、というのは正確ではない。創始したのは少なくとも三人おり、時間的にはジャリは最後にあたる。順番に言えばロートレアモンとランボーとジャリである。最初の二人は彗星のように通り過ぎたはずだが、ジャリだけが文士、それも完全かつ多彩で、たゆまぬ素質をもった文士であった。彼がアルコールのせいで死ななかったら、今日では有名な巨匠となり、文学における税関吏ルソーのようなもの以上の存在になっていたであろう。クローデル・ヴァレリー・ジッドというグループの左端にはジャリが占めるべき場所があったのだが、そこは空いたままで、アポリネールが彼の代わりになることも全然できなかった。

――アルベール・ティボーデ

ジャリは文士であったが、これは滅多にあることではない。彼のちょっとした行動、子供じみた振る舞い、そうしたものすべてが文学であった…… 抒情が諷刺になり、現実に向けられた諷刺が対象をあまりにも超えているのでそれを破壊し、ポエジーが苦労してでないと至れないような高みに上がる。一方、些細なことがその時まさに趣味の域に属し、思いもつかない現象によって不可欠なものになる。こんな独特な喜びに当てはまる言葉は見つからない。感傷の入り込む隙のないこうした知性の放蕩に没頭できたのはルネサンス時代の人だけだったが、奇跡的なことに、ジャリはこうした至高の放蕩ができた最後の人であった。

――ギヨーム・アポリネール

ジャリ以降、文学は難しい領域に危なっかしく移っている。作品の余白で、作者が幅を利かせているのだ。小道具係が、タバコをふかしつつカメラの前を絶えず通り過ぎ、望み通りに人々を困らせる。作り終わった家のてっぺんに、まっ先に黒旗を立てたこの職人を追い出すことはできない。芸術と人生との間に必要なこととして長いこと保たれていた区分に、ワイルドよりもジャリ以降、異議が申し立てられ、その原理において無化されることになるのだと言おう。

――アンドレ・ブルトン

没後このような高い評価が与えられるようになったことを受けて、ようやく一九七〇年代頃から本格的なジャリ研究が行われるようになった。一九七二年からプレイアッド版全集が刊行され始め、一九七九年には「アルフレッド・ジャリ友の会」によるジャリ研究雑誌「エトワル＝アプサント」の刊行が始まった。また二〇〇七年には没後百年を記念していくつかのコロックが開かれ、これまでの研究成果を踏まえたクラシック・ガルニエ版全集は、二〇一二年から刊行が始まり二〇二一年に完結した。ジャリ研究は今後さらに盛んになることが予想される。

『昼と夜』について――軍隊、幻覚、創造

小説『昼と夜』は、ジャリが一八九七年にメルキュール・ド・フランス社から刊行した、彼として初めての小説である。ジャリがそれまで発表してきたのは詩や戯曲であり、その内容としては、脳内のような非現実的な世界を、高度なメタファーを用いた難解な文体で象徴的に描くものが多かった（「ユビュもの」はこれとは別系統であり、ジャリ作品の中ではどちらかというと異質な作品である）が、この『昼と夜』以降、「現実的」な世界の描写が部分的に取り入れられるようになった。『昼と夜』の読者の多くは、前年に話題になった『ユビュ王』のような滑稽なものを期待して読んだため失望し、ジャ

りがそれまでに発表してきた思想や文体に慣れていなかったため当惑したに違いない。ただ本書を贈呈されたマラルメは返礼の手紙で、「この正確に作られた素晴らしい版画を前にして、まったく驚きました。色調は鮮やかでみずみずしく、そしてすべてが限りなく夢の中に移されている。文の幾何学的構造が、直線であれ曲線であれ常にはっきりしており、決定的な言語、つまり厳密に文学的な言語を作り上げていることに魅了させられました」と賛辞を述べている。

本小説の物語を、まず主人公サングルが軍隊で送る不条理な生活、次に病院で見る幻覚、そして最後にヴァランスとの口づけと狂気、という段階にまとめることができるであろう。以下この順番に従って、それぞれの段階のもつ意味について考察してみたい。

まずは兵役生活あるいは軍隊についてであるが、主人公がコルネイユ兵舎で送る兵役生活の描写は、ジャリの実体験に基づくところが大きい。ジャリは一八九四年末から九五年末にかけて、生地ラヴァルにあったコルビノー兵舎で歩兵として兵役生活を過ごし、そののち病気が理由でラヴァルのサン＝ジュリアン病院に、次いでパリのヴァル＝ド＝グラース病院に入院し、除隊になった。本小説ではこのような実体験を踏まえた、軍隊の不条理な規律や馬鹿げた医療行為がいくつも描写される。その諷刺的な描写をもって、本小説を、リュシアン・デカーヴの『下士官』（一八八九年）や、ジョルジュ・ダリアンの『ビリビ』（一八九〇年）といった、当時のフランスで流行していた反軍国主義的小説の中に位置づけることができるだろう。

しかしながら軍隊は本小説において、軍国主義といったイデオロギーを越えた、より象徴的な意味を表している。一つは自由を否定する規則と、それへの従属である。本小説のエピグラフにあるように、軍隊において兵士は隷属した人間、すなわち自由意志を行使することを禁じられ、規則あるいは他人の意志に服従するだけの存在となる。個人の自由を重視することは象徴主義の作家たちに広く共有された考えである。例えばジャリがその初期に親しく交遊した作家レミ・ド・グールモンは評論『観念論』（一八九〇年）において、象徴主義文学の基礎的思想であると彼の言う観念論とは、「知的系列において知的な個人が自由かつ個人的に発展することを意味する」と述べている。本小説の主人公サングルにとっても、自由は何よりも大事なものだ。よって彼にとって軍隊の規則は、他人から押し付けられるものであるだけで不条理なものである。「いつも白くなる長靴をいつも黒くし、きりなく黒い染みがつくズボンの帯飾りを絶えず白くしなければならない」規則、しかもその理由が不明である規則は、この不条理さを表現しているだろう。

軍隊が象徴する二つめのものは、知性や精神の働きとは相容れない身体性ないし物質性である。軍隊では兵士の知性は失われ、身体的な存在に還元されてしまう。物質に対する精神の優位もまた、象徴主義の多くの作家たちが唱えた考えである。グールモンは同じく『観念論』の中で、観念論とは「外界を厳密に否定することはないものの、これをほとんど形のない物質で、脳内でしか形をとらず真なる生をもつことのないものとしてしか捉えない哲学である」と論じている。知性を何よりも重視する主人公にとって、軍隊という身体的・物質的な場は忌まわしいものである。主人公が入隊して軍から支給品を受け取った時、気持ちの中でひどい汚れを感じるのはそのせいだ。軍からの支給品である靴や帽子についているぬかるみ、黒いねばねば、垢といった汚らしい不定形の物体は、現実のものというよりは、身体的・物質的な場の象徴であると言ってよいだろう（実際、練兵場や兵舎を描く場面において、黒いぬるぬる・ねばねばしたものがたびたび現れる）。服従と物質という、主人公にとって否定的な意味を象徴する軍隊は、ただの特殊な環境ではない。「神話」の章に「軍の永遠者」という神が現れることから分かるように、軍隊とは本小説において、神の決めた規則に支配されている、物質的なこの世の縮図なのだ。

服従と物質の場である軍隊に入隊するのは、主人公にとって死刑を宣告されたも同然である。そんな絶望的な状況にあって最初に彼を救ってくれるのが夢である。主人公は列車に乗って脱走する夢を見たり、ヴァランスの姿を夢見たりすることで、日中の辛い兵役生活のことを忘れようとする。つまり主人公にとって夢という内的世界は、不自由な外的現実から離れて自由になれる場所なのだ。このような考えは初期のジャリから一貫して見られる。例えば彼は初期の詩論的エッセー「存在と生」（一八九四年）において、外的生活である「生」と内的思考である「存在」にそれぞれ「昼」と「夜」の領域をあて、これらを次のように対比させている。「相次ぐ昼と夜は巧妙にお互い避け合うものであり、これらがどちらでもない色調になっている、一致している、とかなのを私は嫌悪する。

私はこれら二つのどちらかのみがきらめいて昇天するのを崇めるのだ」。初期のジャリにとって、個人の生は外と内、昼と夜の二つの領域に截然と分かれており、彼はもっぱら後者の方、すなわち内的な生である思考や記憶や夢の領域を描いていた。

このような二元論的区分は、次の段階である幻覚によって排されることになる。幻覚は象徴主義文学においては親しいモチーフだ。例えば象徴主義の詩人ポール・アダンは、「私の理論を採用する作家は、夢の状態や、幻覚の状態、記憶から生まれる継続的な夢を描かなければならないだろう」と論じている。ジャリにおいても、幻覚は初期から取り上げられる重要なモチーフである。例えば『砂の刻覚書』所収の散文詩「阿片」においては、主人公が阿片を飲んで幻覚の国へと移動し、そこで見たさまざまな奇妙な光景が描写される。本小説においても、主人公はさらなる自由を求めて「阿片窟の香りの中で跨がる灰色ぶちの馬でいっぱい」な病院に入院し、ここで薬物摂取によって「公正、霊妙なる」幻覚をいくつも見る。

しかし薬物摂取のシーンがあるからといって、本小説における幻覚を、夢と同じように現実と異なる別世界であると考えるのは早計であろう。主人公にとって「知覚とは真なる幻覚である」からだ。小説中、この表現はライプニッツの定義とされているが、実際はフランスの実証主義的哲学者・歴史家イポリット・テーヌの『知性論』(一八七〇年)にある表現である。テーヌはこの哲学的著作において、次のような主張を唱えている。われわれは物自体を知ることができない。われわれはそこから感覚を受け取るだけであり、これをわれわれは物そのものだと見なしてしまう。よってテーヌは、「われわれの外的知覚は、外なる物体と調和している内なる夢である。幻覚は誤った外的知覚であると言う代わりに、外的知覚は真なる幻覚であると言わなければならない」と述べる。つまりわれわれは現実そのものを認識しているわけではないので、知覚は真であるとも偽であるとも、内的なものとも外的なものとも言えない幻覚のようなものなのだ。主人公はこうした考えを敷衍して、「幻覚とは誤った知覚であるか、より正確に言うなら弱い知覚である、あるいは本当にうまく言うなら予想された知覚である」と考えるようになる。この考えに従えば、「あるのは幻覚だけ、あるいは知覚だけ」になり、主人公は、「思考と行為、夢と目覚めをまったく区別しないように」なる。つまり本小説における幻覚とは、現実とも夢とも区別できず、真とも偽とも言えない感覚のことなのだ。こうして外的な行為や知覚の領域である「昼」と、内的な思考や夢の領域である「夜」との区分は排され、すべては時間の中にあるイメージに変わることとなる。

ここで時間の中にあるイメージという表現を使うのは、『昼と夜』において、文学作品のモデルとして映画《シネマトグラフ》があるからだ。リュミエール兄弟による映画《シネマトグラフ》の上映会は一八九五年末のことである。ジャリが実際に映画《シネマトグラフ》を観たという証拠は残っていない（主人公と同じく、小説執筆の時点では観たことがなかったかもしれない）。重要なことは、ジャリが映画《シネマトグラフ》の原理に、自らの作品創造のモデルを見ているということだ。作品創造モデルとしての映画《シネマトグラフ》は、主人公が自転車に乗って外界を見るのが好きな理由を述べる箇所に現れる。自転車に乗りながら外界を知覚すると、それは砕けて混ぜこぜになり、「さまざまな色や形」、すなわちイメージに変わる。ジャリはこの変化に映画《シネマトグラフ》を結びつける。つまり個人の主観的な目を通せば、現実も夢も等しく時間の中にあるイメージとして現れるということを、カメラを通せば対象すべてがフィルムに映されたイメージに変わる映画《シネマトグラフ》になぞらえているのだ。

主人公が生すべてを時間の中にあるイメージであると見なすのは、そこから「自分なりの色や形を作り直す」ためである。つまり時間的なイメージを、独自の秩序のもとに並べ直すということだ。この作業はモンタージュ、すなわち過去に撮ったフィルムの断片を、直線的な時間の秩序とは異なる作家独自の秩序のもとに並べ替える作業と類似している。小説における同性愛は、この作業のメタファーであろう。というのも、主人公は自転車を漕ぐ中で得たイメージから創造することを述べる前に、ヴァランスと同性愛関係を結ぶ意味について述べているからだ。伝記的事実から言えば、ジャリは何人かの男性と同性愛的関係を結んだらしい。主人公が想いを寄せる同性の友人ヴァランスのモデルは、アンリ四世高校でジャリの同級生であったレオン＝ポール・ファルグかフランソワ＝ブノワ・クローディウス・ジャケではないかと研究者たちによって考察されているが、確実なことは分かっていない。何にせよ大事なことは、主人公は年下で同性の存在と恋愛関係を取り結ぶということだ。つまり主人公にとって同性愛とは、自分の過去と話し合い、「時間的に異なる二つの瞬間をただ一つのものとして生きる」ことを意味するのだ。過去との対話とは、撮ったフィルムを再生し、現在と過去を往復しながらモンタージュすることを意味しているだろう。

このような時間錯誤的《アナクロニック》な作業によって、文学者である主人公は、「奇妙かつ正確に釣り合いの取れた文学作品」、つまり理想の作品を創造することを目指す。主人公が愛するヴァランスとは、彼が求める理想の作品の擬人化、あるいは理想的な作品を作り出す彼自身の能力を擬人化したものなのである。主人公が自らの作品がスクリーン上に映し出されることを想像すると、彼はこの新しい小世界の「拡大されたイメージと想像上の顔」と一つになる。スクリーン上に映し出された小世界は、上映された映画《シネマトグラフ》作品を思わせるが、「想像上の顔」とはヴァランスの顔だろう。主人公のヴィジョンの中では、彼の作品という一つの小世界は新たな大世界となる。つまり主人公は自らの創造物は神の創造物に等しいと思い込むのだ。そんな主人公は「神話」の章で、自らのことを、軍の永遠者に代わって新たな神となるシジフォスであると想像する。シジフォスはもはや、岩を持ち上げる責苦を永遠に受けるのではなく、高みで光り輝くダイヤモンドの球を作り出すのだ。

こうした神話を思い描いた主人公は、最後の段階として、ヴァランスの頭部の彫像に口づけをして我が物としようとする（自らの作り出した彫像に恋する主人公には、ピュグマリオンの神話が重ねられている）。これは理想の作品を作り上げようとする試みを表しているだろう。主人公の部屋にヴァランスの仮面が現れると、それは「一緒に吸ったすべての陽光と、読書をした机の上で燃え尽きたすべてのランプからなるキスを、サングルに投げていた」。陽光とランプ、すなわち昼と夜に主人公が得たイメージで、ヴァランスは自らを作り出すように主人公を誘惑するのだ。しかし主人公が口づけをしてヴァランス＝理想の作品を手に入れようとした瞬間、「たくさんの雪がばらばらと崩れ」、「細かな剥離片」が主人公の顔に貼りつく。彫像は崩壊して断片へと分解してしまった、つまり理想の作品は完成しえなかったのだ。小説は、主人公が狂気に陥ったことを知らせる報告書で終わる。この悲劇的な結末は、作家が主観的なイメージでもって作品を作り上げ、それを神の創造物に等しいものと見なすのは狂気でしかないこと、作家の創造は結局失敗に終わり、彼は神を超えられないことを意味しているだろう。

この狂気はすでに小説の半ばから、狂気に取り憑かれた騎士であるドン・キホーテへの言及によって暗示されていた。例えば主人公が作り上げることを想像する大宇宙は、「大きな風車」という「少しばかりドン・キホーテ的」な概念である。この箇所は、ドン・キホーテが風車を巨人だと思い込んで突撃するというエピソードに基づいている。主人公が思い描く大宇宙は狂気の成せるわざなのだ。また主人公が恋するヴァランスはドゥルシネアと重ね合わされている。これは、ドン・キホーテが粗野な田舎娘のことを姫君ドゥルシネアだと思い込んで思い慕うというエピソードに基づいている。ヴァランスは狂気の作り上げた存在でしかないのだ。主人公の野望にドン・キホーテの狂気を重ね合わせるジャリは、理想的な作品を創造しようとしても失敗することを、初めから分かっているのである。

主人公の野望と挫折は、「神の死」以後の時代における作家の存在論的不安を反映しているだろう。フランス革命（一七八九年）において王が処刑されたことによって王＝神が死んで以降、フランス人は精神的な基盤を失ったという感覚を抱いていた。十九世紀末フランスの先鋭的な作家たちも、文学作品という一つの世界を作り出そうとする際の拠り所はどこにあるのか、そもそものようなものはあるのだろうかという不安を抱えていた。新しい世界を創造しようとする主人公の試みを失敗で終わらせるジャリは、このような不安と無縁ではなかったはずである。とはいえ主人公の失敗は決定的なものではないだろう。シジフォスが常に山頂を目指すのと同様、作家＝人間は常に挑戦を繰り返し、彼の創造は成功と失敗の間で往復することを運命づけられている、とジャリは考えているのではないだろうか。

『絶対の愛』について――夢と思い出、催眠術、創造

『昼と夜』を上梓したジャリが、『パタフィジック学者フォーストロール博士言行録』、『訪れる愛』と続けて小説を書いた後に刊行したのが、『絶対の愛』である。『絶対の愛』はもともと『訪れる愛』の一部として構想された。ジャリはその最終章として、「イオカステ夫人の家で、あるいは絶対の愛」というエピソードを構想したが、これを独立した小説として発展させることにしたのだ。『絶対の愛』

の出版をメルキュール・ド・フランス社から断られたジャリは、自筆複写版《ファクシミレ》というかたちで自費出版した。小説は五十部印刷されたが、これは商業ルートに乗ることのない非売品であり、著者から小説を贈呈された者は二、三十人だけであった。よって同時代の読者による反応はないも同然であった。

まずは『絶対の愛』の全十五章の構成を整理しよう。第一章と第二章は、もともと「序章」というタイトルをつけられており、物語の枠と言える部分である。主人公エマニュエルの特異な宿が描写され、特異な身分が彼自身の言葉によって明らかにされる。第三章、すなわち主人公とミリアムが対話する章は、後の場面の先取りである。物語自体は第四章から始まる。捨て子であった主人公が、ジョゼブとヴァリア（ブルトン語で言うヨセフとマリア）という夫妻によって拾われ育てられる。青年になった主人公はヴァリアと近親相姦的な関係を結ぶが、ある時ヴァリアから殺されそうになる。十章の最後で主人公はヴァリアに催眠術をかけ、彼女からミリアムという女性を取り出す（よって第三章は第十章と第十一章との間に位置している）。第十一章から第十三章は、主人公にとってのミリアムの役割や、ミリアムを作り出すことの意味が述べられる。第十四章・第十五章は、主人公がミリアムを使ってジョゼブを殺そうと企むものの失敗に終わり、死を覚悟するという話が語られる。以上のような物語を、まず幼少期をめぐる夢と思い出、次に青年期における催眠術とそれによる創造、そして最後に養父の殺害計画とその失敗という三段階にまとめることができるだろう。以下、この順番に従って、それぞれの段階のもつ意味について考察してみたい。

まずは夢と思い出についてである。主人公は刑務所に収容されている死刑囚である。しかしこの死刑は実際のものではない。彼は「ランプのそばに座って夢を見る男」であり、さらに言うなら、「身体と魂に〔…〕宿」り、「朝日が昇る時」に、「とつぜん昇天させられるか消滅させられるかして消え失せる」存在、つまり夢の中でのみ存在する男である。そのような主人公にとって、死刑とは、人が夢から覚めて彼の存在が消滅することを指しているだろう。主人公（あるいは主人公が宿った人）が夢で見るのは、自分の子供時代である。『昼と夜』以上に大きな役割を果たしている、本小説における子供時代の思い出は、ジャリの伝記的事実を大いに反映している。例えば小説に登場する洗濯場やロケ通りや幼稚園は、ジャリの生地ラヴァルに実際に存在していたものである。またランボールの町は、ジャリの祖父が住んでいた町ランバルがモデルであり、主人公が居を構える「税関吏の小屋」は、ランバルからほど近い村エルキの海岸にあった小屋がおそらくモデルである。ただこれらの場所は現実のものとして描かれているのではない。ヴァリアが歩く土地は主人公の記憶であるという記述が示す通り、彼の記憶を地理化したものなのだ。夢や記憶の作用によって、現実は外的であるとも内的であるとも、真であるとも偽であるとも言えない、曖昧な世界になっている。

このような曖昧な世界の中で、幼い主人公は、言葉を同じく曖昧なものに変える。おもちゃを使って言葉とその意味を結びつける教育をジョゼブから受けた後、主人公がこのおもちゃを落とすと、おもちゃは変形してしまう。すると「ついている斑点や、たまたま整形された体や、その結果生まれた見た目に従って」怪物たちが生まれる。怪物とは、「ラキール」や「ラストロン」といった存在しない語のことであり、その意味は主人公自身忘れてしまって不明である。言葉においては通常、形や音と意味とが結合していると思われているが、主人公はこの結びつきを破壊し、言葉から意味を抜き取り、見慣れない形や聞き慣れない音でしかない曖昧なもの、言わばイメージのようなものに変えたのだ。ただ子供時代の主人公は「強くなかった」ので、このような変換は「頭脳とは別のところ」で行われた。すなわち忘却という、夢や記憶と同じく意志的ではない方法によって行われたのだ。

青年になった主人公は催眠術を使うことで、夢や思い出と同じような曖昧な世界を作り出す。というのも催眠術をかけられた人にとって、現実は確かな意味を失い、内的であるとも外的であるとも、真であるとも偽であるとも言えない世界になるからだ。主人公はこの曖昧な世界を、夢や思い出という非意志的な方法ではなく、催眠術という意志的な方法によって作り出す。そしてこの曖昧な世界の中で、以前行ったような変換を再び行うのだ。というのも、彼がヴァリアに催眠術をかけて眠らせる時、彼は「怪物たちが公証人の机の上に立った時の、子供じみているが神々しいあの喜びをまた感じ」、「また机を揺らすことを決心する」からだ。女に催眠術をかけることは、言葉から意味を抜き取ることと類似しているのだが、今度はそれを忘却という非意志的な方法ではなく、意志的な方法によって行うのである。

主人公が催眠術をかけるヴァリアは「小さな動物」のような女であると述べられる。ジャリは猛烈な女嫌いであったが、十九世紀末フランスは、実際はともかくとしてもイデオロギー上は女性蔑視の時代であった。女性は男性よりも知性の劣った存在と捉えられており、また家庭において女性は男性の支配下にあるべきだとされていた。つまりヴァリアは、他者の作った秩序に満たされた、身体的な存在を象徴していると考えられる。若い主人公は、そんなヴァリアが寄せる近親相姦的な愛を、途中まで受け入れてしまう（この近親相姦のテーマゆえに、ヴァリアはイオカステという、オイディプスの母親の名で呼ばれる）。近親相姦的な関係が最高潮に達した時、ヴァリアは主人公を殺そうとする。『昼と夜』の主人公にとって、規則に支配された身体的な場である軍隊に入ることは死を意味したが、『絶対の愛』の主人公にとっても、他者による秩序を与えられた身体と関係を持つことは死を意味するからだ。主人公がヴァリアに催眠術をかけるのは、その身体性と、そこに込められた他者による秩序を抜き取るためであろう。というのも、催眠術にかけられて眠りながら答える女は、自分の人格を消されて他者から込められた秩序を失い、外観と声だけの存在に変えられているからだ。意味を抜き取られて形と音だけになった言葉と同じく、このような女もまたイメージのようなものだと言える。催眠にかけられたヴァリアから取り出されたミリアムという人格とは、イメージ的な存在なのだ。

ここで催眠による人格の二重化について解説しておこう。十九世紀末フランスでは、医療行為として行われていた催眠術によって、意識とは異なる精神領域が発見され、研究され始めた頃であった。パリのサルペトリエール病院で研究したジャン＝マルタン・シャルコーを始めとした医者たちは、催眠にかけられたヒステリー患者の言動によって、人間の意識の下層にあり、意識がない時も独立して活動を続けるもう一つの意識、つまり下意識と呼ぶべき領域があることを発見した。下意識の存在は、人格の二重化によって知られることとなった。それは次のような現象だ。ヒステリー患者は催眠状態において別の人格を示すことがある。患者の第一人格は、隠れていたこの第二人格の存在や、その言動を記憶していない。これに対して第二人格の方は、第一人格の存在やその言動を記憶している。人間の意識の下には、自分自身でも知らない、記憶し活動を続けるもう一つ別の意識、別の人格があったのだ。このような発見は人々の興味を大いに惹いた。サルペトリエール病院にいるヒステリー患者に材を取った小説が多数書かれ、「サルペトリエールもの」と呼べるジャンルを成すほどであった。ジャリは「サルペトリエールもの」を読んでいたかもしれないが、下意識についての最新の知見を、高校時代に受講したベルクソンによる心理学講義によってすでに知っていた。小説において、ミリアムはヴァリアのことを思い出すが、ヴァリアからミリアムは見えないとされる。ミリアムは、ヴァリアが忘れていることを覚えている存在、つまりその第二人格にして下意識なのだ。

主人公はミリアムに自らの意志を命じる。それはイメージに独自の意味を込め、「自分が欲望するものを創造する」、すなわち新しい秩序を作り出すためだ。神の教える秩序とは異なる秩序を広めようとする主人公は反キリストのような存在であるが、彼の作り出す秩序は言語的な秩序であることを考えると、主人公は新しいアダムのような存在だと言えよう。「創世記」によれば、神は動物たちを作ってからアダムのところに連れてきて、彼がそれらにどんな名前を与えるかを見た。アダムが動物たちに与えた名前が、それらの本当の名前になったという。主人公は、アダムが作ったような言語的な秩序による楽園を、イメージによって作り出すことを目指すのだ。ミリアムは、主人公が作り出す新しい秩序を象徴しているだろう（彫像を妻にする主人公には、またしてもピュグマリオンの神話が重ねられている）。

主人公が作り出す新しい秩序は言語的な次元にとどまらず、世界そのものにならなければならない。このことを暗示するのが、第十一章のエピグラフとして置かれた二つの引用である。一つ目の「福音書」からの引用「初めに『言葉』があった〔…〕」は、神の「恩寵と真理」に満ちた言葉による世界の創造を意味している。これに対して、意味を抜かれたイメージを暗示しているのが、もう一つのフランソワ・ラブレーの小説からの引用「結局二人は〔…〕」である。この文章はラブレーの小説中、パンタグリュエルが「言語の恣意性」を主張するエピソードの中にある。エピソードでは、ある若い男が、相手の婦人が耳が聞こえず口もきけないことを知らないまま、元老院議員の誰かに会わなかったかどうか、身ぶり手ぶりを交えながら彼女に質問する。彼がしているのは性的な誘惑だと解した婦人は、男を自分の家に招き入れ、「結局二人はひとことも言葉を発することなく、妙なる尻振りダンス《キユルテイス》の音を立てることになった」。このエピソードは、人はイメージに好きな意味を込められるということを表しているだろう。ジャリはこのラブレーからの引用を、「創世記」からの引用の隣に置くことで、主人公の試みが、中身のないイメージに、神の「恩寵と真実」ではない独自の新しい意味を込めて、一つの新しい世界を作り出そうとすることを暗示しているのだ。

新しい世界を作るだけでは、主人公の試みは成功したとは言えない。それがあまたある嘘の一つではなく絶対かつ唯一の真理になり、この世を支配する秩序にとって代わらなければならないからだ。よって最後の段階として、主人公はミリアムを使って、この世の秩序を象徴する存在を殺そうとする。それが養父ジョゼブである（母親を娶ることとともに、父親を殺すことは『オイディプス王』のテーマである）。ジョゼブは老いぼれて醜いチビの男という否定的な特徴を持ってはいるが、「ものを整頓」するという重要な役割を担っている。つまり秩序を司るという役割だ。ジョゼブの仕事である公証人とは、書面を作成して他者の財産を確定する仕事であるが、この仕事は言葉によってこの世の物に意味や秩序を与える行為を象徴している。その仕事の通り、彼は物とその名前を結びつけることで、この世の言語的な秩序を幼い主人公に教え込む。このようなジョゼブの役割は、家庭においても夫という立場によって果たされる。というのも、ジョゼブは妻を所有することで、言わば物質に秩序を与えているからだ。よってジョゼブは、この世の秩序を司る神の、地上における代理人であると言えるだろう。主人公はそんな養父に叛逆し、彼から学んだ言葉から意味を奪って新しい言葉を作ったのと同じように、彼の妻から秩序を奪って新しい秩序を与え、仕上げに彼を殺そうとする。本小説は主人公のこの試みを、十九世紀末ブルターニュに移された聖家族（子イエス、父ヨセフ、母マリア）の中で行われる近親相姦、すなわち子が父から母を奪ってその愛人に、そして主人になろうとする劇として表しているのである。

主人公はミリアムに暗示を与えることで、間接的にジョゼブを殺そうと試みる。ここで暗示について解説しておこう。暗示とは催眠術によって命令を与える方法のことだ。催眠下にある患者に医者は、いついつになったらこれこれのことをするように、という指示を与える。催眠を解くと患者は与えられた指示を忘れてしまう。しかしながら指示された日時になると、患者は指示された行為を我知らずのうちに果たす。患者自身には指示についての意識がなくても、その下意識が指示を覚えて日付を数えており、行為を果たすように患者を動かしたのである。このような方法が発見された当初、暗示によって指示された行為が犯罪行為であったらどうなるのだろうと人々は想像した（実際、一八八〇年代末に起きたある殺人事件の裁判で、犯人は暗示にかけられていたため責任は問えないという主張がなされ、大きな論争を巻き起こした）。小説において主人公は、一時になったらジョゼブの首を脚で締めて彼を殺すようにミリアムに暗示をかける。しかしながら催眠はジョゼブによって解かれてしまい、殺人計画は失敗に終わる。つまり主人公が作り出した新たな秩序は結局、神が司るこの世の秩序にとって代わることはないのだ。

小説は、主人公が祠の近くで祈りを捧げる場面で終わる。嵐の中で揚がる凧は雷を招くものであるから、「私たちが死を迎える今この時」という祈りの言葉を唱える主人公は、落雷によって自分がもうすぐ死ぬことを予感しているのだろう。雷は伝統的に神の怒りを表すものである。主人公は、神を目指したという罪によって死を迎えることとなるのだ。本小説においても、神を目指す試みは結局成功せずに終わる。しかし主人公の失敗はやはり決定的なものではないだろう。というのも人々は夢を見る時、主人公と同じように「断続的な神」となり、イメージに新たな意味を与えて一つの世界を作るという、彼の挑戦を繰り返すことになるからだ。

このように二つの小説について考察してくると、一方は兵役生活と入院生活、もう一方は子供時代の思い出と催眠術と、道具立てこそ異なるものの、テーマは多くの点で重なり合っていることが明らかとなる。すなわち外界（他者の司る意味や秩序に満たされた物質）をイメージ（意味を抜き取られた形や音）に変換し、このイメージに新たな意味や秩序を与えて一つの新しい世界を創造すること、そしてそのような人間の創造は神の創造に対抗するが、限界があることというテーマだ。ジャリはこうしたテーマを、『昼と夜』、『絶対の愛』のみならず、一八九〇年代の作品を通して陰に陽に描き続けた。それは彼が、精神を働かせて一つの世界とも言うべき文学作品を作り出すとはどのようなことなのか、そしてそのような作品を作り出す能力を持つ人間存在とは何なのかについて考え続けていたからではないだろうか。

おわりに

フランスの象徴主義文学に属する（あるいはその影響を受けた）作家・詩人たちの中には、文学という創造行為に対して極めて意識的な者がいた。つまり作品を書くとはどういうことなのか、また作品を書く人間の意識はどうなっているのかを反省しながら作品を書き、時にはこの問題そのものを作品のテーマに据えたのである。ジャリ作品における、先に述べたようないくつかのテーマは、同時代の作家・詩人たちが抱いたこうした問題意識の圏内にある。例えばジャリにおけるイメージの詩学は、響きとなった語を構築することで詩を作ることを目指すマラルメの詩学と類似している。また精神世界の内部を描き出そうとするジャリの狙いは、創造する意識の構造を捉えようとしたポール・ヴァレリーの狙いと共通している。さらには時間と空間の可塑性について扱うジャリ作品は、その表現方法は大きく異なるもののマルセル・プルーストの作品とテーマが通底し合うものである（『失われた時を求めて』の冒頭に展開されるのは、夢における時間と空間の可塑性についてである）。ジャリ作品の新しさは、これらの先鋭的なテーマを、幻覚による人工的な理想の獲得とその限界について論じたシャルル・ボードレールや、悪の化身として神に対抗する主人公を描いたロートレアモンなど、過去の作家・詩人たちの影響を受けながら、個人的であると同時に普遍的でもあるドラマとして描き出したところにあると言えよう。また表現方法においても、言葉を含めてすべてがイメージになり、ある対象が現実のものなのかそうでないのかが不分明となる世界を表現するため、ロートレアモンやアルチュール・ランボーを始めとするさまざまな作家・詩人たちの表現方法を極限まで推し進め、どこまでが描写でどこからが比喩なのかが分からない、特異な言語空間を出現させたところに新しさがあるだろう。

ジャリの扱うテーマの幾つかは、現代ではいささか大仰で時代性を感じさせるものかもしれない。しかし、人間の精神における時間や空間や意味の不確かさといったテーマは普遍的なものであろう。またこうしたテーマを離れてみても、ジャリの表現方法はいまだに色褪せないものだと思う。具体的なものから抽象的なものに至るさまざまな語彙を総動員する表現や、個人的な話と形而上学的な話を混在させる飛躍の多い構成は、(少なくとも訳者にとっては)刺激的であり、何度読んでも常に新たな発見がある。ジャリは『砂の刻覚書』の序文「まぐさ」において、自らが目指す作品について、「果てしない分析は常に何がしかが新しい作品を掘り出す」と書いているが、これはまさにジャリ自身の作品に当てはまる。

難解なジャリの小説を翻訳するに際し、不明な点について、東京大学大学院博士課程のマーシャ・スポーレ氏から極めて示唆に富むご回答を多数頂くことができた。ここに深くお礼を申し上げる。

またブルトン語の発音については、エロイーズ・ケレ、レネアック・モランの両氏にご協力頂いた。お二人にも深くお礼を申し上げる。誤解や誤訳があるなら、それはひとえに訳者の力不足のせいである。識者からのご指摘を頂ければ幸いである。最後に、訳者の怠惰のせいで翻訳にたいへん時間がかかってしまったが、それでも辛抱強く原稿を待ってくださった編集の中村健太郎氏にも、深くお礼を申し上げる。

［著者略歴］

アルフレッド・ジャリ［Alfred Jarry 1873-1907］

フランスの詩人・劇作家・小説家。ロワール地方の町ラヴァルにて生まれる。ブルターニュ地方の町で幼少期を過ごし、大学受験のためパリへ上京。象徴主義の作家たちに出会い、以降、文学の道に進む。マラルメのサロンや、デカダン系作家ラシルド夫人のサロンに出入りするとともに、ポン＝タヴェン派・ナビ派の画家たちとも付き合いを始める。一八九四年に、象徴主義を極限まで突き詰めたような詩と戯曲とからなる詩文集『砂の刻覚書』でデビュー。一八九六年、ユビュ親父が「どこでもない国」で王位を奪う戯曲『ユビュ王』を発表。その上演は大スキャンダルを巻き起こした。その他、『訪れる愛』『フォーストロール博士言行録』『メッサリナ』『超男性』などの小説作品を残した。

［訳者略歴］

佐原怜［さわら・さとし］

一九八〇年、青森県生まれ。東京大学大学院総合文化研究科博士課程満期退学後、ソルボンヌ大学で博士号を取得。現在、千葉大学非常勤講師。専門はアルフレッド・ジャリ。

〈ルリユール叢書〉

昼《ひる》と夜《よる》　絶《ぜっ》対《たい》の愛《あい》

二〇二三年七月六日　第一刷発行

著者　アルフレッド・ジャリ

訳者　佐原　怜

発行者　田尻　勉

発行所　幻戯書房

郵便番号一〇一－〇〇五二

東京都千代田区神田小川町三－十二　岩崎ビル二階

電　話　〇三(五二八三)三九三四

FAX　〇三(五二八三)三九三五

URL　http://www.genki-shobou.co.jp/

印刷・製本　中央精版印刷

ISBN978-4-86488-277-4 C0397

〈ルリユール叢書〉発刊の言

　厖大な情報が、目にもとまらぬ速さで時々刻々と世界中を駆けめぐる今日、かえって〈遅い文化〉の意義が目に入りやすくなってきました。例えば、読書はその最たるものです。それというのも読書とは、それぞれの人が自分のリズムで本を読み、日々の生活や仕事、世界が変化する速さとは異なる時間を味わう営みでもあります。人間に深く根ざした文化と言えましょう。

　本はまた、ページを開かないときでも、そこにあって固有の時間を生みだすものです。試しに時代や言語など、出自を異にする本が棚に並ぶのを眺めてみましょう。ときには数冊の本のなかに、数百年、あるいは千年といった時間の幅が見いだされるかもしれません。そうした本の背や表紙を目にすることから、すでに読書は始まっています。

　気になった本を手にとり、一冊また一冊と読んでいくと、目には見えない書物同士の結び目として「古典」と呼ばれる作品があることに気づきます。先人の知を尊重し、これを古典として保存、継承していくなかで書物の世界は築かれているのです。かつて盛んに翻訳刊行された「世界文学全集」も、各国文学の古典を次代の読者へと手渡し、共有する試みでした。

　古今東西の古典文学は、書物という形をまとって、時代や言語を越えて移動します。〈ルリユール叢書〉は、どこかの書棚でよき隣人として一所に集う――私たち人間が希望しながらも容易に実現しえない、異文化・異言語・異人同士が寛容と友愛で結びあうユートピアのような――〈文芸の共和国〉を目指します。

　また、それぞれの読者にとって古典もいろいろです。私たちは、そのつど本を読みながら、時間をかけた読書の積み重ねのなかで、自分だけの古典を発見していくのです。〈ルリユール叢書〉は、新たな古典のかたちをみなさんとともに探り、育んでいく試みとして出発します。

Reliure〈ルリユール〉は「製本、装丁」を意味する言葉です。
ルリユール叢書は、全集として閉じることのない
世界文学叢書を目指し、多種多様な作品を綴じながら、
文学の精神を紐解いていきます。
一冊一冊を読むことで、読者みずからが〈世界文学〉を
作り上げていくことを願って——

［**本叢書の特色**］

❖名作の古典新訳から異端の知られざる未発表・未邦訳まで、世界各国の小説・詩・戯曲・エッセイ・伝記・評論などジャンルを問わず紹介していきます（刊行ラインナップをご覧ください）。

❖巻末には、外国文学者ならではの精緻、詳細な作家・作品分析がなされた「訳者解題」と、世界文学史・文化史が見えてくる「作家年譜」が付きます。

❖カバー・帯・表紙の三つが多色多彩に織りなされた、ユニークな装幀。

〈ルリユール叢書〉［既刊ラインナップ］

アベル・サンチェス	ミゲル・デ・ウナムーノ［富田広樹＝訳］
フェリシア、私の愚行録	ネルシア［福井寧＝訳］
マクティーグ　サンフランシスコの物語	フランク・ノリス［高野 泰志 訳］
呪われた詩人たち	ポール・ヴェルレーヌ［倉方健作＝訳］
アムール・ジョーヌ	トリスタン・コルビエール［小澤真＝訳］
ドクター・マリゴールド　朗読小説傑作選	チャールズ・ディケンズ［井原慶一郎＝編訳］
従弟クリスティアンの家で　他五篇	テーオドール・シュトルム［岡本雅克＝訳］
独裁者ティラノ・バンデラス　灼熱の地の小説	バリェ＝インクラン［大楠栄三＝訳］
アルフィエーリ悲劇選　フィリッポ　サウル	ヴィットーリオ・アルフィエーリ［菅野類＝訳］
断想集	ジャコモ・レオパルディ［國司航佑＝訳］
颱風［タイフーン］	レンジェル・メニヘールト［小谷野敦＝訳］
子供時代	ナタリー・サロート［湯原かの子＝訳］
聖伝	シュテファン・ツヴァイク［宇和川雄・籠碧＝訳］
ボスの影	マルティン・ルイス・グスマン［寺尾隆吉＝訳］
山の花環 小宇宙の光	ペタル二世ペトロビッチ＝ニェゴシュ［田中一生・山崎洋＝訳］
イェレナ、いない女　他十三篇	イボ・アンドリッチ［田中一生・山崎洋・山崎佳代子＝訳］
フラッシュ　ある犬の伝記	ヴァージニア・ウルフ［岩崎雅之＝訳］
仮面の陰に　あるいは女性の力	ルイザ・メイ・オルコット［大串尚代＝訳］
ミルドレッド・ピアース　未必の故意	ジェイムズ・M・ケイン［吉田恭子＝訳］
ニルス・リューネ	イェンス・ピータ・ヤコブセン［奥山裕介＝訳］
ヘンリヒ・シュティリング自伝　真実の物語	ユング＝シュティリング［牧原豊樹＝訳］
過去への旅　チェス奇譚	シュテファン・ツヴァイク［宇和川雄・籠碧＝訳］
魂の不滅なる白い砂漠　詩と詩論	ピエール・ルヴェルディ［平林通洋・山口孝行＝訳］

〈ルリユール叢書〉刊行ラインナップ

［以下、続刊予定］

ニーベルンゲン	フリードリヒ・ヘッベル［磯崎康太郎＝訳］
不安な墓場	シリル・コナリー［南佳介＝訳］
撮影技師セラフィーノ・グッビオの手記	ルイジ・ピランデッロ［菊池正和＝訳］
笑う男［上・下］	ヴィクトル・ユゴー［中野芳彦＝訳］
シラー戯曲傑作選 ドン・カルロス スペインの王子	フリードリヒ・シラー［青木敦子＝訳］
ロンリー・ロンドナーズ	サム・セルヴォン［星野真志＝訳］
スリー	アン・クイン［西野方子＝訳］
ユダヤの女たち ある長編小説	マックス・ブロート［中村寿＝訳］
ミヒャエル・コールハース 他二篇	ハインリヒ・フォン・クライスト［西尾宇広＝訳］
遠き日々	パオロ・ヴィタ＝フィンツィ［土肥秀行＝訳］
パリの秘密［1〜5］	ウージェーヌ・シュー［東辰之介＝訳］
黒い血［上・下］	ルイ・ギユー［三ツ堀広一郎＝訳］
梨の木の下に	テオドーア・フォンターネ［三ッ石祐子＝訳］
殉教者たち［上・下］	シャトーブリアン［高橋久美＝訳］
ポール＝ロワイヤル史概要	ジャン・ラシーヌ［御園敬介＝訳］
名もなき人びと	ウィラ・キャザー［山本洋平＝訳］
水先案内人［上・下］	ジェイムズ・フェニモア・クーパー［関根全宏＝訳］
ノストローモ［上・下］	ジョウゼフ・コンラッド［山本薫＝訳］
箴言と省察	J.W.V.ゲーテ［粂川麻里生＝訳］
ジュネーヴ短編集	ロドルフ・テプフェール［加藤一輝＝訳］
雷に打たれた男	ブレーズ・サンドラール［平林通洋＝訳］
レディ・スーザン	ジェイン・オースティン［小川公代＝訳］

＊順不同、タイトルは仮題、巻数は暫定です。＊この他多数の続刊を予定しています。